通俗是一種功力

吳念真（導演、作家）

通俗是一種功力。絕對自覺的通俗更是一種絕對的功力。

這樣的話從我這種俗氣的人的嘴巴說出來，大概很多人要笑破褲底了。不過，笑完之後請容我稍稍申訴。這申訴說得或許會比較長一點，以及，通俗一點。

小時候身材很爛，各種遊戲競爭完全任人宰割，唯一隱遁逃避的方法是躲起來看書或聽大人瞎掰。那年頭窮鄉僻壤的小孩能看的書不多，小學二年級時最喜歡的是超大本的《文壇》，老師借的。看著看著，某天老師發現我的造句竟出現：「捧著：朝陽捧著一臉笑顏為群山剪綵」這樣亂七八糟的文字，就拒絕再讓我看那些超齡的東西了。

老師的書不給看，我開始抓大人的書看。一種是厚得跟磚塊一樣的日文書，對我來說那完全是天書，但插圖好看，經常有限制級的素描。另一種書是比較薄的，通常藏得很嚴密，只是裡面有太多專有名詞、重複的單字和毫無限制的標點，比如「啊啊啊」、「……！！！」

老讓我百思不解。有一天，充滿求知欲地詢問大人竟然換來一巴掌後，那種閱讀的機會和樂趣也隨著消失了。

所幸這些閱讀的失落感，很快從大人的龍門陣中重新得到養分。講到這裡，我似乎先得跟一個村中長輩游條春先生致敬，並願他在天之靈安息。

我所成長的礦區，幾乎全是為著黃金而從四面八方擁至的冒險型人物，每人幾乎都有一段異於常人的傳奇故事。這些故事當事人說來未必精采，但一透過游條春先生的嘴巴重現，有時連當事人都聽得忘我，甚至涕泗縱橫，彷彿聽的是別人的故事。

條春伯沒當過日本兵，可是他可以綜合一堆台籍日本兵的遭遇，一如連續劇般從入伍、受訓、逃亡荒島，面對同鄉同袍的死亡，並取下他們的骨骸寄望帶回故鄉，乃至骨骸過多搞不清哪是誰的等等，讓聽的人完全隨他的敘述或悲或笑，彷彿跟他一起打了一場太平洋戰爭。此外他也可以把新聞事件說得讓一個三、四年級的小孩，到現在仍記得當時腦中被觸動的畫面。例如當年瑠公圳分屍案的凶手做案之後帶著小孩到安東街吃麵（這讓我一直以為台北的安東街是條專門賣麵的街道），還有甘迺迪總統被暗殺、賈桂琳抱住她先生、安全人員跳上飛快的車子保護賈桂琳……當然，這記憶全來自條春伯的嘴巴而不是報紙。我的記憶全是畫面，有畫面，是因為條春伯說得精采，說得有如親臨他至死都還搞不清地理位置的達拉斯命案現場。

於是這小孩長大後無條件地相信：通俗是一種功力，絕對自覺的通俗更是一種絕對的功力。透過那樣自覺的通俗傳播，即使連大字都不識一個的人，都能得到和高階閱讀者一樣的感動、快樂、共鳴，和所謂的知識、文化自然順暢的接軌。也許就是因為這些活生生的例子，俗氣的自己始終相信：講理念容易講故事難，講人人皆懂、皆能入迷的故事更難，而能隨時把這樣的故事講個不停的人，絕對值得立碑立傳。

條春伯嚴格地說是有自覺的轉述者，至於創作者，我的心目中有兩個。一個是日本導演山田洋次，一個是推理小說家阿嘉莎·克莉絲蒂。

山田洋次創造了寅次郎這個集合所有男人優點跟缺點的角色，在以《男人真命苦》為名的系列下，總共完成百部左右的電影。它們的敘述風格、開頭、結尾的方法不變，唯一改變的是故事，是時代，是遍歷日本小鄉小鎮的場景。數十年來，看《男人真命苦》幾已成為日本人每年的一種儀式，一如新春的神社參拜。

數十年前訪問過山田導演，他說，當他發現電影已然有它被期待的性格時，電影已經不是導演自己的。他說：當所有人都感動於美人魚的歌聲時，你願意為了讓她擁有跟你一樣的腳，而讓她失去人間少有的嗓音嗎？

人間少有的嗓音與動人的歌聲，都來自山田導演絕對自覺的通俗創造。

再如阿嘉莎·克莉絲蒂，如果我們光拿出她說過的故事和聽過她故事的人口數字，就足以嚇死你。五十多年的寫作生涯，她總共寫出六十六本長篇推理小說，外加一百多篇短篇小說和劇本。其中有二十六本推理小說被改編，拍了四十多部電影和電視劇集。作品被翻譯成一百零三種文字的版本，銷量超過二十億本。

夠了。你還想知道什麼？知道二十億本的意義是什麼嗎？二十億本的意義是全世界平均三個人就有一個人讀過她的書，聽過她說的故事。

說來巧合，她和山田洋次一樣，創造出個性鮮明的固定主角（當然，前前後後她弄出來好幾個），然後由他（或是她）帶引我們走進一個犯罪現場，追尋真正的罪犯。

故事就這樣？沒錯，應該說這是通常的架構。那你要我看什麼？不急，真的不急，克莉絲蒂會慢慢冒出一堆足夠讓你疑惑、驚嚇、意外，甚至滿足你的想像力、考驗你的耐心和智商的事件來。

推理小說不都是這樣嗎？你說得沒錯，大部分是這樣，不一樣的是……對了，她像條春伯，像山田洋次，她真會說，而且她用文字說。

文字的敘述可以讓全世界幾代的人「聽」得過癮、「聽」個不停，除了聖經，也許就是克莉絲蒂。她不是神，但她真的夠神。

數十年前，台灣剛剛出現她的推理系列中譯本，那時是我結婚前，常有同齡的文藝青年來我租住的地方借宿，瞄到我在看克莉絲蒂，表情詭異地說：「啊？你在看三毛促銷的這個喔？」

我只記得他抓了一本進廁所，清晨四點多，他敲開我的房門說：「幹，我實在很討厭那個白羅……再拿一本來看看，我跟你說真的，要不是你的書，我真的很想把那個矮儸壓到馬桶吃屎！」

我知道他毀了，愛吃又假客氣，撐著尊嚴騙自己。克莉絲蒂再度優雅地撕破一個高貴的知識份子的假面具，她的手法簡單，那手法叫通俗，絕對自覺的通俗，無與倫比、無法招架的功力。

昔日的文藝青年如今跟我一樣，已然老去，但不時還會看到他寫一些充滿理念和使命感極重的文章，在報紙和雜誌上出現。我知道他要說什麼，只是常常疑惑他想跟誰說；同樣，我記得他說過什麼，但轉眼間忘記他說了什麼。但請原諒我，幾十年前那個晚上，他在我家看完的那兩本克莉絲蒂的小說內容，我可還記得清清楚楚。

也許有一天再遇到他的時候，我會問他之後是否還看過克莉絲蒂其他的書，如果沒有，我會跟他說，想讀要趁早，因為你會老、會來不及。至於白羅那個矮儸，大概永遠不會消失。哦，對了，還有一個叫瑪波，你說不定會來不及認識……

老派偵探之必要

冬陽（推理評論人，台灣推理作家協會理事長）

「讀者非常喜歡白羅這個人物，表示『那個開朗的小個子，過氣的比利時名偵探』。顯然白羅是這本小說受歡迎的一個原因，雖然白羅可能不贊同用『過氣』二字來形容他。」知名編輯兼作家經紀人約翰·柯倫（John Curran）在《阿嘉莎·克莉絲蒂的秘密筆記》一書如是說，文中提到的「這本小說」，正是克莉絲蒂初試啼聲、名偵探赫丘勒·白羅優雅登場的《史岱爾莊謀殺案》，一部於一個世紀前出版的偵探推理作品。

百年光陰的淬鍊顯然證明了白羅絕無過氣的疲態，連帶讓我聯想起電影《金牌特務》（*Kingsman*）上映後，大眾熱議西裝如何能帥氣俊挺歷久不衰——或許可以從這個切入角度，在這裡跟老書迷、新讀友探究這個蛋頭翹鬍子偵探（我沒有影射哪款洋芋片食品喔）的魅力所在。

且讓我們話說從頭。

「我敢打賭你寫不出好的推理小說。」一九一六年，阿嘉莎．米勒（克莉絲蒂婚前的舊姓）在媽媽的打字機上敲擊，打算回應姐姐梅姬這挑釁的話語。她努力嘗試，但故事寫得不好，於是改從身旁熟悉的事物著手——比方說毒藥。阿嘉莎在藥房工作過，曾在某個夜裡驚醒，匆匆回到調劑室重新配置，因為她不記得有沒有漏做一個重要步驟，否則病患就要去見閻王了——噢，這似乎是個謀殺好點子。

阿嘉莎還記得姨婆對她的叮嚀：要注意他人覬覦她珍藏的首飾，時時留意是不是有人偷偷拉長了耳朵聽她們的竊竊私語。小阿嘉莎不但執行得徹底，還把這個習慣寫進小說裡。同時她還注意到，因為世界大戰爆發，家鄉托基湧入許多比利時難民，不如讓一個逃難到英國的比利時退休警官擔任偵探？一定很有趣！

啊，偵探小說顧名思義，只要塑造出一個教人印象深刻的偵探，大概就成功一半。這個人物必須要有特色、有個性，甚至是怪癖，而且聰明又自負。好幾個名字浮現在她腦海裡：莫里斯．盧布朗（Maurice Leblanc）筆下的怪盜紳士亞森．羅蘋、卡斯頓．勒胡（Gaston Leroux）創造的新聞記者胡爾達必，當然還有那最最知名的夏洛克．福爾摩斯——連帶創造一個華生型的助手好了。該怎麼安排呢……

於是，一位偵探的樣貌漸漸成形：五呎四吋的小個兒，蛋型臉上蓄著保養得宜、梳理有型的鬍子，衣著一塵不染，漆皮鞋擦得錚亮。他有嚴重的潔癖，說話不時夾雜法語，喜歡成雙成對的東西，喜歡方的不喜歡圓的（雞蛋為什麼不是方的呢？），口頭禪是「動動灰色的腦細胞」。阿嘉莎心想，他應該要有個像福爾摩斯一樣響亮的名字，取名「赫丘勒斯」怎麼樣？希臘神話中的大力士。姓氏叫白羅，不過搭赫丘勒斯這個名字好像不配……改一下，赫丘勒·白羅好像不錯？就這麼定了吧！

白羅很聰明，懂得觀察入微沒錯，但這並不表示他就得是台獨尊腦袋、缺乏情感的冰冷思考機器，尤其要在人物關係錯綜複雜的莊園宅邸查案追凶，交際手腕得高明些才行。他不是在謀殺發生、屍體出現後才開始像頭獵犬四處嗅聞，而是憑藉旺盛的好奇心與強烈的同理心接觸各種人事物，進而探入被害者、犯罪者、各個看似無辜但多少都和事件沾上邊的關係者的心靈深處，佐以現今稱作鑑識、法醫等等科學鐵證（哎，證據人人知道，可是要怎麼跟真相合理地連結到一塊，這就是名偵探的功力啦），讓原本叫人束手無策的事件得以畫下完美句點。也因此，白羅偶爾能預測進而制止罪案的發生，甚至對殘酷但值得憐憫的罪行網開一面，這樣才合乎人性不是嗎？

婚後以阿嘉莎·克莉絲蒂為名，推出《史岱爾莊謀殺案》後深獲好評，相隔六年的《羅傑艾克洛命案》更是引發街談巷議，而克莉絲蒂全球暢銷前十大作品中，還包括《東方快車謀殺案》、《尼羅河謀殺案》、《ABC謀殺案》、《藍色列車之謎》、《底牌》、《五隻小豬之歌》，合計八部皆由白羅擔綱演出。讀者不只喜愛這個聰明角色，還臣服於平實流暢的文筆及相對顯得衝突的複雜劇情，冷酷的謀殺動機隱藏在細膩的人際關係裡，穿透看似單純、帶點童話氣息的表象後，端賴名偵探明察秋毫、撥亂反正。尤其讓一個比利時人在英國土地上辦案，是克莉絲蒂的小心思，因為「英國人總是不信任外國人，也不相信睿智」（語出英國偵探俱樂部主席馬丁・愛德華茲〔Martin Edwards〕），讀者同凶手一樣輕忽不設防，卻也得到了參與鬥智競賽的意外驚奇和美好滿足。

這樣的閱讀感受，我稱之為「老派偵探之必要」，因為它純粹簡約，經得起反覆咀嚼，猶如前述的西裝革履，在潮流更迭的時間長河裡維持恆久的優雅風範——呼應吳念真先生寫在「策畫者的話」中的一段文字，那不是惺惺作態的高傲睥睨，而是「絕對自覺的通俗，無與倫比、無法招架的功力」所致。

不信？往下讀去就知道。而且我敢打賭，你有很高的比例會將整個白羅系列嗑完，然後是瑪波小姐系列以及其他系列，當然也不可能錯過像名列暢銷首位的《一個都不留》這類獨立之作……

註　克莉絲蒂推理全集一至三十八冊為「神探白羅系列」，三十九至五十二冊為「神探瑪波系列」，五十三至八十冊包含鬼豔先生、湯米與陶品絲、雷斯上校、巴鬥主任等名探故事。

獻詞

阿嘉莎・克莉絲蒂是世界讀者最眾，也最廣受喜愛的女作家。
身為克莉絲蒂的孫兒，我相信奶奶會非常樂見這次出版，
因為她極以自己作品中的趣味與娛樂為豪。
歡迎所有喜歡本系列的台灣新讀者參與這場饗宴！

——馬修・培察（Mathew Prichard）

引子／卡拉．洛曼荃

赫丘勒．白羅以欣賞的眼光，興味十足地打量著被領進房裡的年輕女子。

女子的來信並無奇特之處，信中只要求安排會面，至於背後原因，則了無暗示。她的信簡潔明瞭，語氣公事公辦，僅能從她一絲不苟的字體中看出卡拉．洛曼荃是位年輕小姐。

現在她本人就站在那裡了——是那種二十出頭，高大纖瘦，令人忍不住要多看兩眼的年輕女孩。卡拉衣著入時，一身剪裁精良的昂貴衣裙及華貴的毛皮大衣。她儀態體面，眉毛粗濃，鼻子小巧玲瓏，下巴顯得堅毅，看來生氣蓬勃。卡拉．洛曼荃最動人的正是那一身的活力，而不是她的美貌。

卡拉進來之前，白羅只覺得自己十分衰老，這會兒卻覺得自己變得年輕，有活力，而且充滿希望了！

白羅上前招呼她時，發現她深灰色的眼睛正緊緊地打量著自己，眼神認真而懇切。

卡拉坐下來，接過白羅遞上的菸，點燃後吸了幾口，依舊用真誠而若有所思的目光打量著他。

白羅和藹地問道：「是啊，是得做點判斷，對吧？」

她有些吃驚。「對不起，我沒聽清楚。」

卡拉略帶沙啞的聲音十分好聽。

「你在判斷我究竟是江湖術士，還是你所需要的人，對嗎？」

她微笑著說：「哦，是啊，差不多。不過，白羅先生，你跟我想像的不太一樣。」

「我很老，是嗎？比你想像的更老？」

「噢，也對。」她有點兒猶豫。「你看，我是很坦率的，我要……我找的必須是最好的。」

「放心好了，」白羅說，「我就是最好的！」

卡拉說：「你不太謙虛……不過，我有點相信你的話。」

白羅平靜地說：「你要知道，不一定得聘用身強力壯的偵探才行，我無須彎腰量腳印、撿菸頭或檢查被弄彎的草，我只要坐在椅子上動動腦就夠了。管用的是這個地方哪！」他拍拍自己渾圓的腦袋說。

「我知道，」卡拉．洛曼荃說，「所以我才會來找你。我希望你能幫我做一件異想天開的事！」

「有意思！」白羅說。

他用鼓勵的眼光看著她。

卡拉深深吸了一口氣。她說：「我的名字原本不叫卡拉，而是卡蘿琳，和我母親同名，我是以她的名字命名的。」她停頓了一下。「雖然我一向用洛曼荃這個姓氏，但奎雷才是我的本姓。」

白羅不解地皺了一會兒眉頭，喃喃說道：「奎雷？我好像記得……」

她說：「家父是畫家，很有名的畫家。有些人稱他為偉大的畫家，我認為毫不為過。」

白羅說：「是阿瑪斯．奎雷嗎？」

「是的。」她停頓了一下，然後接著說：「我母親卡蘿琳．奎雷因被控謀害他而遭到判刑！」

「啊，」白羅說，「我想起來了——但只記起梗概而已。當時我人在國外，那是很久以前的事了。」

「十六年了。」女孩說。

她面白如紙，兩眼閃閃發光。

卡拉表示：「你明白嗎？我母親被判刑了……她沒被絞死是因為他們認為情有可原，所以被改判終身監禁，但她一年後就死了。你明白了嗎？就這樣子，結束了，最後……」

白羅靜靜地說：「所以呢？」

這位名叫卡拉・洛曼荃的女孩緊絞著雙手，有些猶豫地慢慢說著，卻分明在強調著什麼。

她說：「你必須明白我當時的處境，事發時我才五歲，太小了，什麼也不懂。當然了，我記得我的父母，記得自己突然被人從家裡帶到鄉下，我記得有一群豬，還有一位好心的胖農婦——每個人都很善良。我還清楚地記得，他們老用奇怪的眼神看我，每個人都在偷偷地瞧我。我知道有什麼地方不對勁——小孩子常有這種本能，不過我並不清楚是什麼。

「後來我上了船。旅途很愉快。航行了許多天後，我到了加拿大，西蒙叔叔來接我，我和他及露易絲姑姑一起住在蒙特婁。當我問起爸媽時，他們就說爸媽很快就會來了。後來……後來我也忘了這回事，不過我就是知道他們其實已經死了，倒不記得有誰真的親口跟我說過，因為那時我已不再想他們了。我過得很開心，西蒙姑丈和露易絲姑姑把我當心肝寶貝般疼愛，我上學後，交了許多朋友，幾乎忘了自己以前不姓洛曼荃。露易絲姑姑對我說，這是我在加拿大的姓，我覺得有道理——這只是我在加拿大的姓；但是到後來，我忘了自己以前還有另一個姓氏。」她抬起下巴說：「遇到我、看到我的人，大概都會認為：『這是個無憂無慮的女孩！』我有錢，擁有健康和美貌，可以享受美好人生。二十歲的時候，我覺得自己是天底下最幸福的人。

「可是你也知道，我會開始問問題，開始打探父母的事情了。他們是誰？做些什麼？我遲早總會發現的。

「後來，他們把真相告訴我了，那是我二十一歲時候的事。他們當時也是情非得已，原因之一是，我可以支配自己的錢了。於是我拿到了這封信，這是我母親臨終前留給我的。」

卡拉的臉色變得沉重，眼神不再閃閃發光，看上去像兩汪幽深的黑潭。她說：「當我得知母親被判謀殺罪的這段往事時，簡直嚇壞了。」

她停了一下。

「還有一件事我得告訴你。我訂婚了，他們說我得等二十一歲才能結婚，當我知道真相後，才明白為什麼。」

白羅大感震撼，他第一次開口問道：「你的未婚夫有什麼反應？」

「約翰嗎？他不在意。他說這對他來說沒有任何影響。他跟我的誓約不會因此改變，過去的事無所謂。」

她身子向前傾了一下。

「我們還保持婚約，不過你也曉得，這種事怎麼可能無所謂？對我來說有影響，對約翰也一樣……有影響的不是過去，而是未來啊。」她握緊雙拳。「我們想要孩子，我們都想要，但我們不願孩子在恐懼中長大。」

白羅說：「難道你不明白，任何人的祖先或多或少都出現過不法之徒嗎？」

「你不懂，誠然如此，可是一般人不會知道自己的祖先幹過什麼惡事，但我們知道啊！上一代離我們太近了。有時候……我看過約翰只是看著我，只是飛快瞥我一眼的樣子。假設我們婚後吵架，看到他用那種眼神看我，我會怎麼想？」

白羅問：「令尊是怎麼死的？」

卡拉的聲音變得清晰而堅定。

「被毒死的。」

「我明白了。」白羅說。

室內一片沉寂。

接著女孩平靜地說：「謝天謝地，你還滿明理的。你明白其中的含義與牽連，沒有粉飾它的嚴重性，也沒有安慰我。」

「這種事我相當了解。」白羅說。「我不明白的是，你希望我做什麼。」

卡拉．洛曼荃簡潔地回答：「我要和約翰結婚！我真的想和他結婚！我至少想生兩兒兩女。你必須使這些成為可能！」

「你是想讓我和你的未婚夫談談嗎？噢，不，我真白癡！你想的絕不是這個，告訴我，你心裡在想什麼。」

「聽著，白羅先生，請你聽清楚了，我想聘你調查一樁謀殺案。」

「你的意思是——」

「是的，沒錯。謀殺就是謀殺，管它是發生在昨天還是十六年前。」

「但是，小姐——」

「等等，白羅先生，你還沒有聽完，還有一點很重要。」

「哦？」

「我媽媽是無辜的。」卡拉．洛曼荃說。

白羅摸摸鼻子，喃喃地說：「嗯，那是自然的，我了解——」

「我不是在感情用事，我有她的信件為證，那是她死前留給我的，說要等到我滿二十一歲再給我。我很確定她就是因為這樣才留下信的，一切都寫在信裡面了——我媽媽沒有殺人，她是無辜的！這點我絕對相信她。」

白羅若有所思地看著這張年輕而富有朝氣的臉，緩緩說道：「不過——」

卡拉笑了。

「不，我媽媽不是那樣的！你覺得——那可能是個謊言，是個臨終前感傷的謊言，對嗎？」她熱切地向前傾了傾。「聽我說，白羅先生，有些事情孩子們清楚得很。我還記得我母親——那印象當然很模糊了，但我清楚地記得她的為人。她從不說謊，哪怕是善意的謊言。如果一件事確實會帶來傷害，她總會明白地告訴你。比如說看牙醫啦，手指上有刺等等。她真的是天生的直腸子，我想我當時並不特別喜歡她，但我非常信任她，我現在仍相信她！如果她說沒有殺害我父親，那就是沒有！我母親不是那種知道自己死期將至，還能正經八百的說謊的人。」

白羅不甚情願的慢慢點點頭。

卡拉繼續說道：「這就是為什麼我能心安理得地嫁給約翰的原因，我知道沒問題，但他可不這樣想，他覺得我認為母親無罪是理所當然的。白羅先生，這事情非得弄清楚不可，而且得由你來把它釐清！」

白羅緩緩答道：「即使你說的是真的，小姐，事情都已經過去十六年了呀！」

卡拉．洛曼荃說：「哦，這事當然很棘手！但是除了你沒有人能辦得到！」

白羅的眼睛微微一亮。他說：「你可真會說話，嗯？」

卡拉說：「我聽說過你，以及你辦的案子，還有你辦案的手法。你感興趣的是心理狀態，對吧？心理狀態不會隨時間而流逝，反而是那些看得到、摸得著的東西已不復存在了——腳印啦、菸頭啦、弄彎的草啦，那些再也找不到了。你可以翻閱所有關於此案的卷宗，也許可以跟當事人談談——他們都還活著；然後，就像你剛才說的，你就可以靠在椅子上動腦思考了。你一定能把真相弄個水落石出……」

白羅站起來，用一隻手輕輕地撫摩著短髭，然後說道：「小姐，受你之託，本人備感榮幸。我不會辜負你的期望，我願意調查此案，偵查十六年前發生的舊事，找出事實的真相。」

卡拉站起來，雙眼炯炯發光，卻只說出一個字：「好。」

白羅晃了晃食指。

「請等一下。我說過我會查明真相，你知道我沒有任何偏見，但你篤信令堂無罪，這點恕我無法馬上接受，假若她有罪，那又如何？」

卡拉有些沮喪，她回答說：「我是她女兒。我要的是真相！」

白羅說：「那麼，我就著手前進了——或者應該相反的說，我就回頭探究去了……」

第一部

Five Little Pigs

01／被告律師

「我記不記得奎雷一案？」蒙塔克．狄里奇爵士說，「當然記得，記得相當清楚。那個女人非常迷人，可惜心理失衡，毫無自制能力。」

他瞥了白羅一眼。

「你問這做什麼？」

「感興趣而已。」

「少唬我，老弟。」狄里奇說著，露出他那著名的「狼的微笑」，這微笑曾令法庭上的證人們噤若寒蟬。「這案子我輸了，沒能替她脫罪。」

「我知道。」

蒙塔克．狄里奇爵士聳聳肩說：「當然了，當年我的經驗沒現在豐富。不過我自認當時已經盡力了，她不配合，誰也沒辦法。至少我們改判了終身監禁，有許多太太、母親聯名寫信幫她請願，同情她的人很多。」

狄里奇往後靠了靠，舒展一下長腿，臉上浮現出法官特有的審視表情。

「假若她是用槍或刀子殺人，我還可以盡力幫她脫罪；可是下毒的話，就沒得玩了，難得很，太難了。」

「你的辯護說詞是什麼？」

白羅早已讀過卷宗，心裡一清二楚，但他覺得在狄里奇爵士面前裝糊塗有益無害。

「噢，自殺。我只能這樣幫她辯護了，可是效果不彰，奎雷根本不是那種人！我想你沒有見過他吧？沒有？哦，他生龍活虎，好玩女人、愛喝啤酒諸如此類。他喜歡尋歡作樂，花天酒地，誰也無法說服陪審團相信這種人會靜靜坐著了斷自己的生命，完全說不通嘛。一開始我就擔心會敗訴，而她又不肯替自己脫罪！她一坐上被告席，我就知道輸定了，根本沒戲可唱。但問題是，你若不讓她出庭，陪審團還是會自行做出結論。」

「這就是你剛才所說的『她不配合，誰也沒辦法』嗎？」白羅說。

「完全正確，老弟。律師又不是魔術師，辯護的成敗泰半取決於陪審團對被告的印象——我不止一次見過陪審團的裁決與法官的結論完全相反——『某某人一定有罪』，或者『他不可能做那種事，別再說了』。可是卡蘿琳．奎雷甚至連爭辯都懶得試。」

「為什麼？」

狄里奇爵士聳聳肩。

「別問我。當然了，卡蘿琳很愛那傢伙。當她回過神，明白自己闖下什麼禍後，就完全崩潰了。我想她就自此一蹶不振了。」

「如此說來，你認為她有罪囉？」

狄里奇爵士看來十分驚詫，他說：「嗯——當時我們覺得這是理所當然的。」

「她對你承認過她有罪嗎？」

狄里奇爵士一臉震驚。

「當然沒有，當然沒有。你知道我們的行規，我們一向假設被告是無辜的。你既然這麼感興趣，沒能和老梅修見面實在太可惜了。梅修就是幫我擬案的法律顧問，老梅修比我知道得更詳細。可是，他已經去世了。他兒子還在，不過當時還只是個孩子。這是很久以前的事了。」

「我明白了。你還記得這樣清楚，我實在太幸運了。你記性真好。」

狄里奇很高興，他喃喃地說：「噢，頭條新聞總是令人難忘的，尤其又是死罪，媒體對奎雷案大肆報導，其中有許多緋聞、八卦，加上涉案的女孩十分美麗動人，很適合炒作。」

「請恕我這麼囉嗦，」白羅說，「我還想再問一次：你確信卡蘿琳．奎雷有罪嗎？」

狄里奇爵士聳聳肩說：「坦白跟你說，我覺得沒什麼好懷疑的。沒錯，就是她幹的。」

「指控的證據是什麼？」

「證據對她非常不利，首先是做案動機。她和奎雷多年來爭執不休，奎雷老愛拈花惹草，一犯再犯，他就是那種人嘛。卡蘿琳大致上也都忍下來了，並看心情好壞，扣扣他的零用錢。奎雷真的是個一流的畫家，他的作品售價驚人，相當驚人。我本人並不喜歡那種畫風啦，覺得挺難看的，不過那真的是很棒的作品，這點毫無疑問。

「反正啊，他不時要惹些爛桃花，奎雷夫人也不是那種會默默忍受的人，自然吵個不停，不過最終他總是回到她身邊。奎雷的種種外遇均是曇花一現，但最後一次卻迥然不同，對象是個女孩——而且還是個相當年輕的女孩，才二十歲而已。

「那女孩叫艾莎．葛里爾，是約克郡某商人的女兒，既富有又倔強，很清楚自己要什麼。她想要的就是阿瑪斯．奎雷。她請阿瑪斯幫她畫像——阿瑪斯不畫一般肖像，但畫人體。我不知道是不是很多女人想讓他畫肖像畫，反正他都不畫！可是阿瑪斯卻幫葛理爾家的女孩畫像，而且最後還深深愛上她。你也知道，年近四十、結婚多年的男人，最容易為女孩子幹傻事了，而艾莎．葛里爾就被他遇上了。阿瑪斯為她瘋狂，想與妻子離婚，然後娶艾莎。卡蘿琳哪裡受得了，便出言威脅，有兩個人聽見她揚言說，阿瑪斯若不放棄那女孩，她就殺了他。卡蘿琳可不是說著玩的！案發前一天，他們跟鄰居喝茶，這位鄰居喜歡鑽研藥草，而且還自己製藥，其中有項獨門絕活叫『毒芹鹼』——是從毒芹中所萃取的一種毒藥，他們聊到這種藥及其致命的毒性。第二天，那鄰居發現瓶子裡的藥空了一半，他嚇壞了。然後他們在奎雷夫人房裡找到一個裡面尚殘存一點毒液的瓶子，就藏在抽屜底下。」

白羅不安地挪動了一下，他說：「也許是別人放在那裡的。」

「哦，不！奎雷夫人向警察承認藥是她拿的。這當然很不智，可是當時沒有律師幫她出主意。一時間被問及，她就坦率的承認是自己拿的了。」

「理由呢？」

「她說想自殺。卡蘿琳無法解釋瓶子為什麼是空的——也不知道為什麼上面只有她的指紋。這點對她極為不利。卡蘿琳表示阿瑪斯．奎雷是自殺的，但如果阿瑪斯取走她藏在屋裡的毒藥，瓶子上應該會有他們兩人的指紋才對啊。」

「藥是下在啤酒裡端給他喝嗎？」

「沒錯。卡蘿琳從冰箱拿出酒瓶，送到他在花園作畫的地方，她倒酒端給阿瑪斯，看著他喝下去。後來大家都去吃午飯了，花園裡只剩阿瑪斯一個人——他經常不去吃飯。後來卡蘿琳和女家教便發現阿瑪斯死在花園裡。卡蘿琳說，她給他喝的啤酒沒問題。我們的說法是，阿瑪斯突然感到苦惱與悔恨，便自己仰藥輕生了——這純粹是瞎扯，他根本不是那種人嘛！指紋是最具毀滅性的證據。」

「他們在酒瓶上發現她的指紋了嗎？」

「沒有，只找到阿瑪斯的，而且還是偽造的。女家教去叫醫生時，卡蘿琳獨自留守屍體，她一定是先把酒瓶和酒杯擦過，把阿瑪斯的手指按在上面，假裝自己從沒碰過這些東西。唉，這招失敗了。原告律師魯道夫可樂了，他在法庭上清清楚楚做了示範，依照指印的角度、位置來看，任誰也抓不住酒瓶！我們自然卯足勁去證明阿瑪斯可以握住瓶子——說他臨死的時候手可能會扭曲變形等等，可惜我們的話根本不具說服力。」

「毒藥一定是在她把酒送到花園之前下的。」白羅回答說。

「酒瓶裡根本沒有毒，只有酒杯裡有。」

爵士頓了一下，他寬闊英俊的面容突然一變，飛快地轉過頭去。

「喂，」他問，「白羅，你到底想幹什麼？」

白羅答道：「假設卡蘿琳．奎雷無罪，那麼毒藥是怎麼跑到啤酒裡的？你辯說當時阿瑪斯．奎雷是自己下的藥；但是你告訴過我，那根本不可能。我個人很贊成你的觀點，我也覺得阿瑪斯不是那種人。那麼，毒若不是卡蘿琳下的，便是另有其人囉。」

狄里奇匆匆說道：「喂，老兄，沒有用的，都過去多少年了？當然是她幹的，如果你當時在場看見她的模樣，就會一目了然。她的表情都寫明白了！我甚至覺得，判罪對卡蘿琳來說是種解脫，她毫無畏懼，一點也不緊張，只希望審判早點結束。真的是個非常勇敢的女人……」

「然而，」白羅說，「她臨死前留下一封信給女兒，信中鄭重發誓自己是無辜的。」

「我相信。」狄里奇爵士答道，「換作是你我，也會這麼做的。」

「她女兒說她不是那種人。」

「她女兒？哈！她懂什麼？親愛的白羅，當時那孩子還年幼無知啊，她幾歲？四歲？五歲？他們幫她改了名字，送到國外某親戚家去了。她能知道或記得什麼？」

「有時候孩子是很通曉人性的。」

「也許吧，但在此處卻行不通。她女兒當然願意相信母親沒有犯罪，那麼就讓她相信好了，反正沒什麼壞處。」

「可惜的是，她要的是證據。」

「證明卡蘿琳．奎雷沒有殺害丈夫的證據嗎？」

「是的。」

「那……」狄里奇回答，「她得不到。」

「你認為得不到嗎？」

這位著名的王室法律顧問若有所思地打量著他的朋友。

「我一向覺得你是個正直的人，白羅。你在幹什麼？玩弄一個小女孩的孺慕之情來賺錢嗎？」

「你不了解這個女孩，她很特別，很有個性。」

「對，我不難想像卡蘿琳和阿瑪斯．奎雷所生的女兒會很有個性，她想怎樣？」

「她想知道真相。」

「嗯，只怕她不會喜歡事實真相。老實說，白羅，我覺得此案毫無可議之處。阿瑪斯是卡蘿琳殺的。」

「請原諒我，朋友，不過關於這點，我還沒有完全的心服口服。」

「是嗎？我不知道你還能做些什麼。你可以讀一下關於本案的報導。漢菲．魯道夫是法官，他已經去世啦，讓我想想他的副手是誰？我猜是年輕的福格。對，是福格。你可以和他聊聊，還有案發時的在場人士。別以為他們會歡迎你翻舊帳，不過我相信你這個能說善道的傢伙，一定能挖到你要的消息。」

「對，找在場人士，這點非常重要。你還記得他們都是誰吧？」

狄里奇想了一下。

「我想想看，那是很久以前了。說來只有五個人真正涉及此案——我沒把僕人算進去，他們是幾名老忠僕，長得很恐怖，什麼事也不知道，不會有人懷疑他們的。」

「你說有五個人，請你介紹一下。」

「哦，有個菲利普．布萊克，是阿瑪斯最要好的朋友，他們從小就認識。當時他一直在屋裡。此人還健在，我常在高爾夫球場上見到他。他住聖喬治丘，是個證券經紀人，股票市場高手，事業非常成功，已經開始發福了。」

「好。下一位呢？」

「接著是布萊克的哥哥。是個鄉紳，總待在家裡。」

白羅腦海中閃過一首童謠。他努力不去想它，命令自己別老想著童謠，他最近似乎對兒歌著了迷，但無論他怎麼壓制，那旋律仍然揮之不散。

「一隻小豬上市場，一隻小豬待在家……」

他喃喃地說：「他待在家裡，是嗎？」

「他就是那個玩藥草的人，算是藥劑師吧，那是他的興趣所在。他叫什麼來著？名字挺雅的……想起來了，叫默狄思，默狄思·布萊克。不知道他是否還活著。」

「還有誰？」

「還有誰？噢，還有罪魁禍首，那個女孩，艾莎·葛里爾。」

「這隻小豬吃烤牛。」白羅自言自語道。

狄里奇瞪著他。

「她牛肉可吃多了。」他說，「這女孩厲害得很，之後她嫁過三個丈夫，進出離婚法庭跟走自家廚房一樣。每次離婚都是為了找個更好的金龜婿。戴蒂罕夫人——這是她現在的名字。翻開任何一本八卦雜誌，都會發現她的大名。」

「另外兩個呢？」

「一個是女家教。我記不清她名字了，她很能幹，好像是姓湯姆遜或瓊斯之類的。還有一個孩子，卡蘿琳的同母異父妹妹，當時可能十五歲左右。她挺出名的，挖掘文物，研究歷史——沃倫，是姓沃倫，安吉拉·沃倫。很傑出的女青年喔，有一天我還見過她哩。」

「那麼，她不會是那頭嗷嗷哀叫的小豬囉？」

蒙塔克·狄里奇爵士用奇怪的眼神打量白羅。他愣愣地說：「她這一生確實有讓她嗷嗷哀叫的地方！她破相了，一邊的臉上有道長長的疤。她……噢，你一定會聽說這件事的。」

白羅站起身來說道：「非常感謝你，你真的是太親切了。倘若奎雷夫人沒有殺害她的丈夫——」

狄里奇打斷他說：「她殺了，老弟，凶手就是她，你相信我吧。」

白羅不願被打斷，繼續說：「那麼凶手應該就是五人中的一個，這假設滿合理。」

「這當然也不無可能。」狄里奇半信半疑地回答說，「可是我不明白為什麼要這麼做，沒有理由嘛！事實上，我敢確定絕不是這五個人下的手。別傻啦，老弟！」

然而白羅只是微笑著搖搖頭。

02 原告律師

「罪無可赦。」福格先生斬釘截鐵地說。

白羅凝望著律師稜角分明的瘦削臉龐。皇家法律顧問昆汀・福格和蒙塔克・狄里奇截然不同。狄里奇的風格霸氣有魅力，態度變化迅速且富戲劇性，在法庭上能獲得很好的效果；前一分鐘還是個英俊迷人的翩翩君子，轉眼就像變魔術似的，變得冷嘲熱諷、咄咄逼人。昆汀・福格瘦小而蒼白，說不上有什麼個性。他平靜地發問，不帶任何感情色彩，卻十分執著。如果說狄里奇像把短劍，福格則像一個錐子。他平板乏味，從未有過赫赫聲名，卻是公認的一流律師，打起官司總能勝訴。

白羅盯著他，若有所思。

「所以，」白羅說，「你是這麼認為的嗎？」

福格點頭說道：「你應該看看她在被告席上的樣子，老漢菲・魯道夫（他占盡了上風）

對她左右開弓，簡直把她當成肉在剁！」他頓了一會兒，然後出其不意地說：「總之，可說是勝之不武。」

「我不確定我懂你的意思。」白羅說。

福格鎖緊眉頭，用手撫著光溜溜的上唇說：「怎麼講？這是一種很英國式的觀點，『甕中捉鱉』是最恰如其分的形容了。你明白了嗎？」

「確實是很英國式的觀點，不過我想我明白了。無論是在刑事法庭、學校運動場或狩獵場上，英國人喜歡讓獵物有反擊逃命的機會。」

「完全正確。不過在這樁案子中，被告根本就沒有反擊的機會，漢菲・魯道夫對她為所欲為。一開始是狄里奇發問，她站在那兒就像第一次參加宴會的小姑娘一樣，用背得爛熟的話來回答問題。她很溫順，而且對答如流，卻毫無說服力，僅是將別人教她的話重複一遍而已。這也不能怪狄里奇啦，那老傢伙戲演得好極了——可是戲得兩個人才唱得起來呀，一個人哪演得成。卡蘿琳不配合，效果糟透了。接著老漢菲登場了，你大概見過他了吧？他是個差勁的人，只見他撩起袍子、晃著腿——然後對她砲轟連連！

「我說過，他把卡蘿琳當肉在剁，聲東擊西的，而她每次都落入陷阱。他讓卡蘿琳承認自己的話很荒謬，使她自相矛盾，卡蘿琳愈陷愈深。最後他以慣用的伎倆結束發問，霸氣而咄咄逼人地說：『奎雷夫人，我覺得你說你偷毒藥是要用於自殺，其實只是障眼法罷了。我建議你，不如說偷藥的目的是為了毒死即將棄你而去、準備和另一個女人遠走高飛的丈夫，你是蓄意謀殺他的。』卡蘿琳看著他——她是那麼的美麗而優雅——說道：『哦，不是的，不是的，我沒有殺他。』那是我聽過最單純也最不具說服力的話。我看見可憐的狄里奇在座位上惴惴不安，他知道一切全完了。」

福格停了一會，然後接著說：「可是我也說不上來，從某個角度來說，卡蘿琳那樣做卻是最聰明的！會讓別人想拔刀相助——你們外國人大概覺得酷好血腥狩獵的英國人，會有這種騎士精神，是十分愚蠢而不可思議的吧！陪審團，乃至於全法庭的人都認為，卡蘿琳沒有任何機會，她連為自己辯駁的餘地都沒有。她根本不是老漢菲那個老狐狸的對手。那句輕飄飄而毫無說服力的：『哦，不是的，不是的，我沒有殺他。』實在太可憐，太可悲了。她根本完蛋了！

「沒錯，從某種角度來說，這是她最明智的做法。陪審團只退庭半個小時就做出裁定了。他們的判決是：有罪，但建議從輕發落。

「事實上，卡蘿琳與涉案的另一個女孩形成鮮明的對比。陪審團從一開始就不同情那女孩，她美麗漂亮，老練而時髦，從頭到尾面不改色。對於法庭中的女士們而言，她代表那種破壞家庭、使人家居無寧日的狐狸精，這種性感妖冶的女孩完全蔑視良家婦女的合法權益。老實說，她倒也不袒護自己，非常的誠實，誠實得令人佩服。她愛上了阿瑪斯．奎雷，他也愛上了她，她便理直氣壯地認為可以將他從妻小身邊奪走。

「我倒滿佩服她的勇氣。狄里奇緊鑼密鼓地盤問，她則從容應戰，整個法庭的人都不喜歡她，法官也不例外。法官是老阿維斯，年輕時也曾放縱輕狂，但當上法官後唯道德是問。法官對卡蘿琳下判決時，語氣雖十分溫和，卻義正辭嚴。」

「他不接受阿瑪斯是自殺的說法嗎？」白羅問道。

福格搖搖頭說：「那個理論一直都站不住腳。不過，我不是說狄里奇沒盡力，他的表現令人激賞。他舌燦蓮花地把阿瑪斯描述成熱情、好玩、情緒性的人，說阿瑪斯瘋狂地愛戀上美女，卻又受良心譴責，無法自拔，於是變得退縮，討厭自己，並為背叛妻兒而自責不已，最後突然決定結束一切！自殺是他全身而退的解決辦法。我告訴你，那是場最動人的表演，狄里奇的聲音催人熱淚，可憐的觀眾為他的熱情和誠懇悸動不已，效果好得沒話說。可惜等他講完後，魔法也不見了，你就是沒法把他口中那位幻想中的人物與阿瑪斯．奎雷做串聯，大家太清楚阿瑪斯的為人了，他根本不是那種人，而狄里奇又苦無證據。阿瑪斯．奎雷這個人基本上沒有什麼良心，他是個放蕩不羈、自私而自以為是的自我主義者。他要是有什麼道德標準的話，也全都用在繪畫上了。我相信阿瑪斯不曾畫過一張草率的畫作——不管出價多寡，他都不會草率為之。但現實生活中，他是個生命力強旺、熱愛生活、充滿激情的人。自殺？絕輪不到他！」

「自殺理論似乎不是個很好的辯護說詞？」

福格聳聳肩說：「還能有別的選擇嗎？總不能坐下來跟陪審團說，要殺要剮隨你，反正檢方一定得找我們麻煩吧。證據太充足了，毒藥是卡蘿琳拿的——事實上她也承認了，她有殺人的方法，又有動機和機會，可說是萬事俱備啊。」

「有沒有人想辦法證明這些證據是有人刻意安排的？」

福格坦白表示：「幾乎所有證據卡蘿琳都承認了，而且那樣太費周章。我想，你是指凶手另有其人，而且故意嫁禍給卡蘿琳吧？」

「你覺得這種假設無法成立嗎？」

福格緩緩地回答：「恐怕站不住腳。你在暗示說，還有個神祕人物X。我們去哪兒找這位X？」

白羅說：「當然是身邊的親友囉。當時不是有五個人在場嗎？誰會有可能下手？」

「五位啊？讓我想想。首先是那個酷好搗藥弄草的糊塗蛋，他的嗜好實在太危險了，不過人倒是挺和善的，他的性格很溫吞，看來不會是X。接下來是那個女孩——她當然不會殺阿瑪斯了，殺卡蘿琳倒比較有可能。然後是證券經紀人，奎雷最要好的朋友，偵探小說中常有被害人遭好友謀害的情節，可是我不相信這種事會發生在現實生活。沒別的人啦——噢，對了，那個小妹妹，不過誰也不會懷疑她。有四個人。」

「你忘了那位家教了。」白羅說。

「對了，你說得沒錯，家庭教師，這些倒楣的人老是被遺忘，不過我還有點記得她。是個中年人，相貌平平，十分能幹。也許心理學家會說她暗戀阿瑪斯．奎雷，於是把他給殺了——壓抑激情的老處女！不，我不相信，雖然我的記憶是淡了，但她絕對不是那種神經質的人。」

「那是很久以前的事了。」

「大概十五、六年了吧。是啊，有那麼久了。別指望我能記得清楚。」

白羅說：「可是恰恰相反，你的記性相當驚人哩，讓我大吃一驚。你自己也知道吧？你談起這件案子時，往昔彷彿歷歷在目。」

福格緩緩答道：「你說得對，歷歷在目……的確相當清楚。」

「朋友，能告訴我為什麼嗎？我很感興趣。」

「為什麼？」福格思索了片刻。他瘦削而睿智的臉有些興奮，顯然他也很感興趣。「是啊，為什麼？」

白羅問：「究竟是什麼東西歷歷在目？證人嗎？律師？法官？還是站在被告席上的卡蘿琳？」

福格靜靜回答說：「原來如此，是了！你提醒了我。卡蘿琳一直在我心中揮之不去……浪漫是個很有意思的東西，她便是渾身透著浪漫的氣息。我不知道卡蘿琳算不算真的漂亮……她並不那麼年輕，一臉倦容，而且眼圈發黑，但就是集眾人的興趣與焦點之所在。然而，半數時間裡她卻顯得心不在焉，心思似乎飄向某個遙遠之處——只剩軀體沉靜而有禮地站在那裡，嘴角掛著一絲淡淡的微笑，看來朦朧而飄忽。然而，卡蘿琳卻比另一位女孩更搶眼——那女孩身材苗條，臉蛋標緻，富青春活力。我很欣賞艾莎．葛里爾，因為她有勇氣，敢拚敢鬥，無畏無懼的迎向挑戰！然而我對卡蘿琳的欣賞，卻是因為她沒有還擊，因為她退回自己忽隱忽顯的世界裡。卡蘿琳從未輸過，因為她從未迎戰。」

停頓片刻後，福格表示：「我只確信一件事。她深愛她殺死的那個人，愛之至深，幾乎與他一同死去……」

皇家法律顧問昆汀．福格先生停下來擦了擦眼睛。

「天啊，」他說，「我講的話聽起來好像很難理解！當時我還很年輕，還是個野心勃勃的小夥子，對這些事情留下了深刻的印象。但我還是相信卡蘿琳．奎雷是個相當了不起的女人。我永遠忘不了她，是的，永遠忘不了她……」

03 年輕律師

喬治．梅修一副小心翼翼、戒慎恐懼的樣子。

他當然還記得這件案子，但不是那麼清楚。案子由他父親負責，當時他只有十九歲。

沒錯，這案子相當轟動，因為奎雷先生名氣太大了。他的畫作很棒——確實是極品，泰德美術館便收藏了兩幅，但只能算是錦上添花而已。

很抱歉，他實在不懂白羅先生為什麼對此案如此感興趣。哦，他女兒呀！真的嗎？沒錯？在加拿大？他一直聽說她女兒在紐西蘭呢。

喬治．梅修不再板著臉，變得親切起來了。

這件事對一個小女孩來說當然是一大衝擊了，他對她深感同情，老實說，不知道真相對她其實比較好，不過現在說這些也沒用了。

她想知道？哦，想知道什麼？審訊的報告記錄當然有啦，可是他本人實在不清楚這個案子。

不，他覺得奎雷夫人的罪狀並無可疑之處，她這麼做當然有原因了，藝術家嘛，本來就很難相處。據他所知，奎雷先生一向與女人牽扯不清。

卡蘿琳也許是那種占有欲很強的女人，無法接受現實。倘若是現在，和他離婚不就得了。喬治．梅修又謹慎地補充說：「讓我想想看……啊，是戴蒂罕夫人，她應該就是案中的女孩。」

白羅表示應該沒錯。

「報紙常提到她，」梅修說，「她老是出現在離婚法庭，我想你已知道她是個富婆了。她在嫁給戴蒂罕之前，曾和一位探險家結婚，不時會出現在公眾場合，她是那種喜歡追名逐利的女人。」

「或者她只是崇拜英雄而已。」白羅提示說。

梅修對這話頗不以為然，半信半疑地說：「也許吧——是的，我想是有可能。」

他似乎在思索這個問題。

白羅問：「貴事務所為奎雷夫人服務很多年了吧？」

喬治．梅修搖著頭說：「恰恰相反，奎雷家是喬納森事務所的客戶，然而，當時喬納森先生覺得無法勝任奎雷夫人的案子，便和我們——和我的父親——取得協議，讓我們接手此案。白羅先生，我覺得你若是去見見喬納森先生，應該會很有斬獲。他已經退休了，都七十多歲了，但他對奎雷家族知之甚詳，他能告訴你的比我多得多。真的，事實上我對此一無所知，當時我還是個孩子，我甚至不記得自己是否出庭了。」

白羅站起來，喬治．梅修也起身，他又補充道：「你不妨先和我們的書記愛德蒙談談，他當時已在我們事務所任職，對此案有濃厚的興趣。」

§

愛德蒙說起話來慢條斯理，眼裡閃著法律工作者特有的謹慎。他上下打量了白羅一番，才開口說：「啊，奎雷一案是我負責的。」他又強調說：「是件很棘手的案子。」他用精明的目光看著白羅。「已經過去很久了，怎麼又提起它來？」

「法庭做出判決未必代表真正結案。」

愛德蒙緩緩點著他的大腦袋。

「你似乎無權過問此事吧。」

白羅答道：「奎雷夫人有個女兒。」

「啊，我記得是有個孩子。被送到國外的親戚家去了，是吧？」

白羅答道：「她女兒堅信母親是無辜的。」

愛德蒙先生的濃眉應聲豎起。

「女兒不都是這樣的嘛。」

白羅問道：「你能提供支持她的證據嗎？」

愛德蒙陷入沉思，然後緩緩搖搖頭。

「不能，我無法昧著良心跟你說有。我很欣賞奎雷夫人，不管她做了什麼，她都是位不折不扣的淑女！不像另外那個女的，十足的蕩婦，膽大包天兼之寡廉鮮恥，十足輕佻，而且還四處招搖！奎雷夫人就很有涵養。」

「但她畢竟是凶手，對嗎？」

愛德蒙皺著眉，用異常流利的語調說：「我過去曾日復一日地自問這個問題，看到她站在被告席上如此平靜、如此安詳，我根本不相信是她做的。但話又說回來，這世界又有什麼是可信的？毒芹鹼不會無緣無故跑進奎雷先生的啤酒裡，確實是有人下了藥。若不是奎雷夫人放的，又會是誰放的？」

「問題就在這裡，」白羅答道，「會是誰放的？」

那雙機敏的眼睛再度打量著白羅。

「所以你認為是別人囉？」愛德蒙先生說。

「你覺得呢？」

書記員沉默半晌後回答說：「看不出那種跡象……一點跡象都沒有。」

白羅表示：「開庭期間你也在場嗎？」

「每天都在。」

「你聽到證人的證詞了嗎？」

「聽見了。」

「有聽到任何讓你覺得奇怪或不實的證詞嗎？」

愛德蒙直率地說：「你的意思是有人說謊嗎？或是有人希望奎雷先生死去？對不起，白羅先生，我覺得這很荒謬。」

「至少考慮考慮嘛。」白羅連忙說道。

他注視著那張精幹的臉龐和迷茫的眼睛。愛德蒙若有憾焉地慢慢搖搖頭。

「那個葛里爾小姐，」他說，「真是夠壞的，報復心又強！她說了不少過分的話，可是她要的是活生生的奎雷先生，死了對她有什麼用處？她確實希望奎雷夫人被判死刑，但那是因為心愛的人被死神奪走之故啊。她就像一隻關在籠中的母老虎一樣！然而，我方才說過，她要的是活著的奎雷先生。菲利普．布萊克先生也與奎雷夫人不對頭，他有偏見，處處把矛頭指向她，但我覺得他是誠實的，他是奎雷先生的摯友。他哥哥默狄思．布萊克先生就是個很糟的證人，說起話來含糊其詞，猶豫不決，回答什麼都不肯定。這種證人我見過不少，就算他們說的是實情，聽起來也像在說謊，而且非不得已絕不開口，律師能從他嘴裡問出這麼多話已經很厲害啦。他是那種過慣安靜日子、很容易驚慌失措的士紳。至於那位女家教則表現非常得體，說話沒有半句廢言，回答簡明扼要。聽她說話，很難弄清她站在哪一邊，是個很聰明的人。」他頓了一下，「不過，她所知道的事，一定比她透露出來的多很多，這我絕對肯定。」

「我敢說必是如此。」白羅答道。

他用銳利的目光上下打量愛德蒙布滿皺紋的臉孔，愛德蒙的表情溫和淡漠，然而白羅忍不住要想，對方是否在對他暗示什麼。

04 老律師

凱洛·喬納森先生住在埃塞克斯郡，來往過幾封正式信件後，白羅收到了對方一份請柬，鄭重邀他前去用餐、過夜。這位老紳士的確是個人物，在與枯燥乏味的年輕人喬治·梅修打過交道後，白羅覺得喬納森先生就像自家釀製的葡萄酒般耐人尋味。

喬納森自有其切入正題的方式，直到幾近午夜，當他品嘗著甘醇的老酒時，喬納森先生才正式切入主題，他客氣地感謝白羅的有禮與耐性，現在他興致大好，願意細談奎雷家族的事了。

「我們事務所與奎雷家族是世交了，我認識阿瑪斯和他父親理查·奎雷，我也還記得他祖父，伊諾克·奎雷。他們都是鄉紳，對馬匹的關切更甚於人，奎雷家的人愛騎好馬，喜近女色，討厭談玄說理，他們不相信思想觀念之類的東西。而理查·奎雷的妻子卻滿腦子的觀念思想，比理智還要多出幾分。她喜歡詩和音樂，會彈豎琴。她非常纖弱，坐在沙發上顯得楚楚動人。她十分推崇金斯利．艾米斯[1]，所以才幫兒子取名阿瑪斯。阿瑪斯的父親很討厭這名字，但他還是讓步了。

「阿瑪斯．奎雷繼承了父母的雙重優點。從弱不禁風的母親那裡遺傳了藝術天分，又從父親那裡繼承了強健的體魄和無情的自我主義。奎雷家的人全都是自私自利的人，他們向來只從自己的角度看事情。」

老人用手指輕輕拍著椅子扶手，機敏的掃視了一下白羅。

「我若說錯話，請你指正，白羅先生，不過我想你對人的性格很感興趣吧？」

白羅答道：「我辦案時最感興趣的就是這點。」

「我可以理解對罪犯心理抽絲剝繭的樂趣與迷人之處。當然了，我們事務所從未經手過刑事訴訟，即便有興趣承擔，也無法勝任奎雷夫人的辯護工作，但梅修事務所卻很適合。他們找狄里奇做辯護律師——也許他們不敢抱太大期望——不過狄里奇的費用還真貴，但是他很能演！可惜，他們沒料到卡蘿琳無法按需要配合演出，她真的做不來。」

「卡蘿琳是什麼樣的人？」白羅問，「我很想知道。」

「是，是，當然了。卡蘿琳怎麼會去殺人呢？這確實是問題的關鍵。卡蘿琳結婚前我就認識她了，全名是卡蘿琳．斯貝丁，她脾氣壞，也不快樂，卻充滿活力。卡蘿琳的母親很年輕就守寡，卡蘿琳很愛她媽媽。後來母親改嫁，又生了一個孩子，卡蘿琳難過極了，她痛苦萬分，心中充滿青少年的強烈妒意。」

「她很嫉妒？」

「嫉妒得要命哪，以至於發生了令人遺憾的事。可憐的孩子，事後她自責不已。可是你也知道，白羅先生，有些事情是無法避免的，她哪裡控制得了，非得有一定的成熟度才辦得到嘛。」

白羅問：「到底出了什麼事？」

「她把紙鎮扔向襁褓中的嬰兒，害那孩子瞎了一隻眼睛，而且永遠破相了。」喬納森先生嘆口氣說，「你可以想像，在法庭上問起這件事會產生什麼影響。」他搖搖頭說：「那讓人覺得卡蘿琳生性暴烈。但其實不是這樣的，不是的。」

他稍作停頓後接著說：「卡蘿琳常常待在奧德堡，她騎術精良，深得理查．奎雷的歡心。她服侍奎雷夫人，而且為人乖巧溫柔，夫人也很喜歡她。卡蘿琳在家中並不開心，到了奧德堡卻十分快樂，阿瑪斯的妹妹黛安娜．奎雷和她成為好友。鄰近莊園主人的兒子菲利普和默狄思．布萊克，也常到奧德堡做客。菲利普從小就是個唯利是圖、討人厭的冷血動物，我承認我一直不喜歡他。不過據說他能言善道，而且對朋友忠貞不二。默狄思這個人婆婆媽媽的，顯得矯揉造作。他喜歡動物，捉蝴蝶、觀察鳥獸之類的，這個時代美其名曰自然研

1 金斯利．艾米斯（Sir Kingsley Amis, 1922-1995），英國作家及詩人。

究。唉，反正這些年輕人教父母失望透了，沒有一個繼承家風學習打獵、射擊、釣魚等等技術。默狄思寧可觀察鳥獸而不願獵取牠們，菲利普壓根不願待在鄉下，進城做生意去了。黛安娜嫁的不是紳士，而是名參戰的軍官。而健壯、英俊、生龍活虎的阿瑪斯，什麼不好做，偏偏成了畫家。我猜理查．奎雷是被他兒子嚇死的。

「後來阿瑪斯娶了卡蘿琳，兩人經常打打鬧鬧的，但還算恩愛。他們迷戀對方，也一直彼此關愛。可是阿瑪斯和所有奎雷家的人一樣自以為是，他愛卡蘿琳，但從不顧及她的想法，總是我行我素。依我看，阿瑪斯很愛卡蘿琳——但她的地位遠落於藝術之後，在阿瑪斯心目中，藝術是第一順位，任何女人都無法取代。他常和女人亂搞——女人是他的靈感泉源——可是玩膩了就棄若敝屣。阿瑪斯不是那種感性浪漫的人，也稱不上徹底的享樂主義者，他唯一在乎的女人就是他的妻子。卡蘿琳了解這點，也願意包容他，他在外頭大搞豔遇後，最終總是會回歸家庭——而且通常會帶回一幅新作以茲見證。要是沒有艾莎．葛里爾，他們兩個人也許就繼續這樣下去了。艾莎．葛里爾——」

喬納森先生搖著頭。白羅問：「艾莎．葛里爾怎麼啦？」

喬納森先生出人意表地說：「可憐的孩子，可憐的孩子。」

「你對她是這種感覺啊？」白羅說。

喬納森說：「也許是我老了吧，白羅先生，不過我發現年輕人的不設防常令我動容落淚。青春是如此的脆弱、狂狷而自信，如此的激越與理所當然。」

他起身走到書架旁，取下一本書翻開朗誦道：

要是你的愛情的確是光明正大的，
你的目的是在於婚姻，
那麼明天我會叫一個人到你的地方來，
請你叫他帶一個信給我，告訴我願意在什麼地方、什麼時候舉行婚禮；
我就會把我的整個命運交託給你，
把你當作我的主人，跟隨你到天涯海角。[2]

「套句茱麗葉的話來說，愛和青春是唇齒相依的。敢於表白，毫不掩飾，沒有所謂的少女矜持，這就是青春的勇氣、堅毅與不羈。莎士比亞了解青春，茱麗葉獨鍾情於羅密歐，苔絲狄蒙娜選擇了奧瑟羅。她們均義無反顧，年輕人真是無畏無懼，沒有傲慢之心。」

白羅若有所思地問道：「所以你覺得艾莎·葛里爾是茱麗葉的化身囉？」

「對。她是幸運的寵兒，年輕、可愛而富有。她找到所愛，並奮力爭取——但不是年輕

2 譯文出自朱生豪譯〈羅密歐與茱麗葉〉，《莎士比亞全集·八》，頁三二九，人民文學出版社，一九九二。

的羅密歐，而是已婚的中年畫家。艾莎．葛里爾不受道德的束縛，她信奉的是『生命只有一次，要什麼，取什麼！』的現代主張。」

喬納森嘆口氣，靠在椅背上，又用手輕輕拍著扶手。

「一個占有欲很強的茱麗葉。年輕、狠心，卻驚人地脆弱！她孤注一擲，表面上似乎贏了……然而，到了最後關頭，死神卻悄然而至——那個活潑、奔放、快樂的艾莎也跟著死了，留下的是個報復心切、冷漠而殘酷的女人，並對造成這般後果的另一女子恨之入骨。」他話鋒一轉：「唉，唉，我這麼濫情，實在讓你見笑了。少不更事的單純女孩，我想其實是滿乏味的，除了花樣的青春和熱情之外，她還有什麼呢？只是一個追逐英雄，用以填補原有空缺的平庸女孩罷了。」

白羅問道：「如果阿瑪斯不是著名畫家——」

喬納森立即表示同意說：「甚是，甚是，你真是一針見血。世上到處是艾莎這種英雄崇拜者，男人一定得有所作為，得名聲顯赫才具吸引力……但卡蘿琳．奎雷則能從一名銀行員或保險公司職員身上看見他們不凡的特質！卡蘿琳愛的是阿瑪斯本人，而不是畫家阿瑪斯．奎雷。卡蘿琳不是個粗糙膚淺的人，但艾莎．葛里爾卻是。」他補充道：「可是她年輕又漂亮，我其實很同情她。」

上床休息時，白羅仍在沉思，他被這兩個女子的性格問題迷住了。

愛德蒙將艾莎．葛里爾嗤之為蕩婦。

喬納森老先生卻認為，她是永垂千古的茱麗葉。

而卡蘿琳．奎雷呢？

每個人對她的看法都不盡相同。狄里奇鄙視她，說她是失敗者，是逃兵；年輕的福格說她是浪漫的象徵；愛德蒙眼中的卡蘿琳只是位「淑女」；而喬納森先生則說她脾氣差、愛動怒。

而他自己，赫丘勒．白羅又如何看待這名女子？他若見過她，會留下什麼印象？

白羅覺得，找出這個問題的答案，是破案關鍵。

迄今為止，他拜訪過的人，無論他們如何看待她，沒人懷疑過卡蘿琳不是凶手。

05

警長

前警長海勒若有所思地抽著菸斗。

「你有些異想天開啊，白羅先生。」

「也許吧。」白羅小心地附和道。

「要知道，」海勒說，「事情已經過去很多年了。」

白羅知道海勒會不厭其煩地複誦那句話，便委婉地說：「這當然會提高困難度。」

「翻陳年老帳，」對方沉吟道，「要是有個目標也就罷了，可是……」

「的確是有目標呀。」

「什麼目標？」

「追求真相本身就是一種目標，我就很喜歡追索真相，更別說是那位年輕小姐了。」

海勒點點頭。

「沒錯，我是可以了解她的立場，可是……請恕我這麼說，白羅先生，你是聰明人，大可編個故事哄她就好了嘛。」

白羅答道：「你不了解這位小姐。」

「噢，少來了，你經驗這麼老道，哄人哪難得倒你！」

白羅挺直身子說：「先生，也許我可以是個精通騙術的說謊者——你似乎覺得鄙人有這個本事，可惜我覺得那並非我所當為，我有自己的行為準則。」

「對不起，白羅先生，我不是故意跟你唱反調，我只是覺得，這樣或許對她比較好。」

「我倒覺得未必。」

海勒緩緩地說：「對一個單純、快樂，即將出嫁的女孩來說，發現母親是殺人犯，未免也太不幸了。我若是你，我會告訴她，阿瑪斯其實是自殺的，都是狄里奇沒打好官司，我會說我相信阿瑪斯是服毒自殺的！」

「但是，我心中的疑慮可多了！我完全不相信奎雷會自己服毒，你真的認為這很合乎情理嗎？」

海勒慢慢搖了搖頭。白羅說：「你看吧。不行，我一定得查明真相，絕不說謊。」

海勒轉頭盯著白羅，紅紅的國字臉似乎變得更紅更方了。他說：「既然你提到真相，那麼我就坦白告訴你吧。我們認為，我們已將奎雷案查得水落石出了。」

白羅立即答道：「你的話具有一定的分量，我知道你是個誠實幹練的人。請你告訴我，你從來沒有懷疑過奎雷夫人是否真的犯下罪行嗎？」

警長斬釘截鐵地說：「從來沒有，白羅先生。種種不利跡象均指向她，所有找到的事實，也都證明了這個觀點。」

「你能簡單說明一下她的罪證嗎？」

「可以。收到你的信後我翻閱了一下卷宗。」他拿起一本小筆記。「我把一些重要事項列下來了。」

「謝謝你，朋友。我洗耳恭聽。」

海勒清了清嗓子，語氣有點像是在做報告。他說：「九月十八日下午兩點四十五分，警探康韋接到安德魯．福塞特醫生的電話。福塞特醫生報告說，奧德堡的阿瑪斯．奎雷先生猝死，根據死亡跡象，以及在莊園做客的布萊克先生的陳述，他覺得這件事必須交由警方出面處理。

「康韋警探在警官和法醫的陪同下迅速趕到了奧德堡，福塞特醫生將他們帶到保存完好的現場。

「奎雷先生一直在幽靜的小花園裡畫畫，花園稱為『砲兵園』，因為花園可以俯瞰大海，而且雉堞牆上擺著幾座小型大炮。從房子到花園需步行四分鐘，奎雷先生沒回屋子裡用午餐，他想畫下陽光照在石頭上的特殊效果——稍晚些光線就走樣了。於是就獨自留在砲兵園裡繼續作畫。據說他經常如此，奎雷先生很少注意用餐時間到了與否，有時乾脆叫人送三明治過去，且經常不願受人打擾。他生前最後見到他的人是做客的葛里爾小姐和鄰居默狄思．布萊克先生。這兩位一起回屋裡和其他人共進午餐。餐後他們在陽台上喝咖啡。奎雷夫人喝完咖啡後表示，想『下去看看阿瑪斯畫得怎麼樣了』，家教西莉亞．威廉斯小姐站起來陪她一起去，她正在找學生安吉拉．沃倫小姐（奎雷夫人之妹）的毛衣，沃倫小姐不知放在什麼地方了，她覺得可能忘在海灘上。

「兩人一同出發。小路向下斜行，穿過樹林就到通往砲兵園的門扉了，若不想進花園，還可以繼續沿小路走到海邊。

「威廉斯小姐繼續前行，奎雷夫人則拐進花園，然而幾乎就在同時，夫人發出尖叫，威廉斯小姐趕忙返回，只見奎雷先生倒在椅子上，早已氣絕身亡了。

「在奎雷夫人的催促下，威廉斯小姐離開砲兵園匆匆返回去打電話叫醫生，她在路上碰見了默狄思，便請他代勞，自己則折回去陪夫人，她覺得夫人也許需要人陪。十五分鐘後，福塞特醫生趕到現場，當下判斷奎雷先生已死亡一段時間了——死亡時間約在一點和兩點之間，死因不詳。奎雷先生沒有任何外傷，姿勢也相當自然。福塞特醫生很清楚奎雷先生的健康狀況，深知他不是因病致死，因此覺得事態嚴重。就在此時，菲利普．布萊克先生對福塞特醫生講了一番話。」

海勒警長稍作停頓，深深吸了口氣，然後翻到下一頁。

「後來布萊克先生對康韋警探重述了這番話，大意如下：那天上午他接到其兄默狄思的電話（他住在一英里半外的漢十字莊園）。默狄思是業餘藥劑師——稱他為植物學家也許更恰當。那天早上他一進實驗室就驚駭的發現，一瓶配好的毒芹碱昨天還是滿的，這會兒幾乎全空了。他急得不知如何是好，趕忙打電話問弟弟怎麼辦，菲利普要他馬上到奧德堡商量。菲利普到路上接哥哥，兩人一道進屋裡，結果討論不出什麼具體的結果，便暫時擱下，打算等午飯後再行商議。

「經過進一步的偵問之後，康韋警探確定了以下事實：前一日下午，有五個人從奧德堡走到漢十字莊園喝茶，他們分別是奎雷夫婦、安吉拉・沃倫小姐、艾莎・葛里爾小姐和菲利普・布萊克先生。喝茶時，默狄思對自己的嗜好大發議論，還帶領一行人到自己的小實驗室參觀。參觀過程中，他提到了幾種特殊的藥品——其中之一是從有斑毒芹中提煉出來的毒芹碱。默狄思解釋了它的藥性，大嘆藥典中竟然沒有把毒芹碱編列進去，同時還吹噓此藥對咳嗽、哮喘具有神效。後來他提到此毒可以致命，甚至還向客人朗誦一段希臘作家對其毒性的描述。」

海勒警長停下來，把菸斗填滿，翻到第三部分。

「警察局長費爾上校把此案交給我處理，驗屍結果是毒藥致死。我知道中毒芹碱的人死後沒有明顯的特徵，不過醫生知道門道，最後在死者身上發現大量的毒劑，醫生認為是在死前兩三個小時內服用的。奎雷先生面前桌上有一個空玻璃杯和一個空啤酒瓶，其中的殘渣經過分析化驗後，發現只有杯子裡有毒藥，瓶子中並沒有。經過詢問後，我知道砲兵園的儲藏室裡放了一箱啤酒和一些玻璃杯，是給奎雷先生畫畫口渴時喝的。然而事發當天上午，奎雷夫人卻從房子裡送來一瓶剛冰過的啤酒。當時奎雷先生正忙著畫畫，葛里爾小姐則坐在矮牆上擺姿勢。

「奎雷夫人打開酒瓶倒酒，然後把杯子遞到站在畫架前的丈夫手中，他一飲而盡——據說這是他的習慣。隨後他做了個鬼臉，放下酒杯說：『今天喝什麼東西都覺得難喝！』葛里爾小姐聽了笑說：『挑剔鬼！』奎雷先生回答說：『唉，至少酒是涼的。』」

海勒停住了。白羅問道：「這些是幾點鐘的事？」

「約在十一點一刻。奎雷先生繼續作畫，葛里爾小姐說他後來抱怨四肢發麻，嘀咕說一定是患了風溼症。不過奎雷先生是那種死不承認自己生病的人，所以怎麼也不肯表示身體不舒服，只是懊惱地叫大夥去吃午飯，留他一個人就好。真是男人的典型作風。」

白羅點點頭。海勒接著說：「於是奎雷便獨自一個人留在花園裡，想必他等別人一走，就倒在椅子上休息了，接著他肌肉開始癱瘓，身邊卻無人相救，就這麼死了。」

白羅再次點頭。海勒說：「嗯，我按照程序繼續辦案，沒費多大功夫便查清幾項事實了。奎雷夫人和葛里爾小姐前一天曾起過口角，葛里爾小姐肆無忌憚地大談『等我住在這裡的時候』，要如何挪動家具的擺置，奎雷夫人打斷她問道：『你說等你住在這裡的時候，那是什麼意思？』葛里爾小姐回答說：『別假裝聽不懂，卡蘿琳。你就像把頭埋在沙裡的駝鳥一樣，你很清楚我和阿瑪斯情投意合，我們就要結婚了。』奎雷夫人答道：『我怎麼從來沒聽說過？』接著葛里爾小姐說：『是嗎？那你現在聽到了。』於是奎雷夫人便問剛好走進門來的奎雷先生說：『阿瑪斯，你真的打算娶艾莎嗎？』」

白羅饒有興趣地問：「奎雷先生怎麼回答？」

「他轉頭對葛里爾小姐吼道：『你瘋了？幹嘛說出來？你難道不知道這種事不能說嗎？』葛里爾小姐說：『我覺得卡蘿琳應該知道真相。』奎雷夫人問丈夫：『是真的嗎，阿瑪斯？』奎雷先生不肯看著妻子，只是轉過臉咕噥了幾句話。夫人說：『你大聲說呀，我必須知道真相。』於是他說：『嗯，沒錯──不過我現在不想討論這件事。』說完就拂袖而去了。葛里爾小姐說：『看見了吧！』接著她又說奎雷夫人死賴著不走對自己沒好處，她一定得理智些，她自己也很希望卡蘿琳能和阿瑪斯永遠保持友好關係。」

「奎雷夫人怎麼回答？」白羅好奇地問道。

「據證人表示，她大笑道：『艾莎，你休想。』她向門口走去，葛里爾小姐喊住她說：『你這話什麼意思？』奎雷夫人回頭說：『等我殺了阿瑪斯，再把他讓給你。』」

海勒稍作停頓。

「很不利，對吧？」

「是啊。」白羅像在沉思。「有誰聽見這番話了？」

「威廉斯小姐和菲利普．布萊克先生都在屋裡，他們尷尬透了。」

「他們的證詞一致嗎？」

「差不多。永遠別指望兩個證人的記憶完全一樣，這點我們都很清楚，白羅先生。」

白羅表示同意。他沉吟道：「是的，有意思的是，若能——」他沒有把話說完。

海勒繼續說道：「我將房子搜了一遍，在奎雷夫人臥室的底層抽屜中，我找到一個貼著茉莉花香水標籤的小瓶子，包在冬天的厚長襪裡。這是個空瓶，我採了指紋，上面只有奎雷夫人的指印。經過分析後，發現瓶中含有極少量的茉莉花油成分，而毒芹鹼氫溴化物溶液的濃度卻很高。我請來奎雷夫人，向她出示瓶子。她不加思索地答說，她一度心情很糟，聽了默狄思．布萊克先生的介紹後，她偷偷溜回實驗室，用事先倒空的茉莉花香水瓶，裝滿毒芹鹼溶液。我問她為什麼要這麼做，她說：『有些事我不想說，可是我受到極大的震驚。外子打算離開我，和另一個女人走。若真是這樣，我也不想活了，所以我才會偷毒藥。』」

海勒停了下來。白羅說：「畢竟……這是很有可能的。」

「也許吧，白羅先生，但是這和別人聽見的有所出入，而且第二天早上又發生了另一件事，菲利普不小心聽見了一部分，葛里爾小姐則聽見另外一部分。當時奎雷夫婦在圖書室裡說話，菲利普在客廳聽見了一兩句話，坐在屋外近圖書室窗口的葛里爾小姐也聽見了一些。」

「他們聽見了什麼？」

「菲利普聽見奎雷夫人說：『你和你那些女人，我真想殺了你，總有一天，我會殺了你。』」

「沒提到自殺嗎？」

「沒有，壓根沒提，沒說過像『如果你這麼做我就自殺』之類的話。葛里爾小姐的證詞也差不多。她聽見奎雷先生說：『卡蘿琳，你理智些。我喜歡你，也會永遠祝福你和孩子，但我想娶艾莎。我們不是一直同意給對方自由嗎？』奎雷夫人回答說：『好吧，你可別說我沒警告你。』他問：『你是什麼意思？』她回答說：『我愛你，不願失去你。我寧可殺了你，也不會讓你和那女的走。』」

白羅做了一個不易覺察的手勢。

「我覺得，」他喃喃地說，「葛里爾小姐提這件事豈不是太不智了嗎？奎雷夫人根本可以拒絕離婚啊。」

「關於這點，我們也有證據，」海勒答道，「奎雷夫人似乎向默狄思提到一些，他是個深受信賴的老朋友。默狄思很難過，便設法和奎雷先生談了一下，這是案發前一天下午的事。默狄思婉言規勸他的朋友，表示要是奎雷夫婦的婚姻不幸破裂，他會感到很痛心。他還強調說葛里爾小姐還很年輕，如果在離婚法庭上牽扯到她就太難看了。奎雷先生笑著回答說（他這個人一定很無情）：『艾莎根本沒這種想法，她不會出面的，我們會按照一般的做法來處理這件事。』」

白羅答道：「如此說來，葛里爾小姐就更不該把他們的事抖出來了。」

警長海勒說：「唉，你也曉得女人嘛，非得比來比去不可，反正場面一定很尷尬，我實在不明白，奎雷先生為什麼任由它發生。據默狄思說，奎雷先生是因為想把畫畫完。你覺得有道理嗎？」

「有啊，朋友，我覺得很有道理。」

「我可不這麼認為。他根本是在玩火！」

「他的小女朋友把事情這樣抖出來，他大概很惱火吧。」

「嗯，對。默狄思說阿瑪斯真的很不高興。如果他想把畫畫完，幹嘛不先拍些照片再按照片畫呢。我認識一個畫水彩風景的人，就是這樣畫的。」

白羅搖搖頭。

「不，我能理解奎雷身為藝術家的心情。朋友，你得知道，對奎雷來說，畫畫也許是當時唯一要緊的事。無論他多麼想娶那女孩，畫畫還是擺在第一，所以不想在她離開前公開此事。艾莎當然不那麼想了，女人總覺得愛情比什麼都重要。」

「你以為我不知道啊？」海勒警長有些不悅。

「而男人呢，」白羅接著說，「尤其是藝術家，則截然不同。」

「藝術！」警長海勒不屑地說，「老談什麼藝術！我從來沒弄懂過，也永遠不會懂！你該看看奎雷那幅畫才對，全都歪歪斜斜的。他把那女孩畫得像在患牙痛，矮牆也一副快塌的樣子，整幅畫難看死了，害我看過後好長時間都忘不掉，甚至還夢見它哩。更糟的是，我連視覺都受到影響，一看到雉堞牆、牆壁啊，還有別的東西，就覺得和畫上的相似——對了，看到女人也是！」

白羅微笑著說：「儘管你不懂他的畫，你應該很讚賞他的偉大創作才是吧。」

「才怪。畫家為什麼不能畫點賞心悅目的東西呢？偏要費盡心機畫一些奇醜無比的玩意兒？」

「有些人就是能從詭異處看到美感。」

「那女孩真的挺漂亮的，」海勒說，「濃妝豔抹，身上幾乎一絲不掛，女孩子那樣子實在不太像話，何況還是在十六年前。現在大家也許見怪不怪了，不過當時啊，我真的是嚇壞了。除了褲子和攤開的襯衣——她裡面什麼都沒穿！」

「你好像記得相當清楚嘛。」白羅開玩笑說。

警長海勒臉一紅。

「我只是在描述當時留下的印象而已。」他板著臉答道。

「當然，當然。」白羅陪著笑，然後繼續問：「所以奎雷夫人的主要反證人是菲利普和艾莎．葛里爾囉？」

「是的。他們態度強烈，兩人都是。但原告律師也請了家庭教師作證，她的話比另外兩個人有分量，她完全站在奎雷夫人這一邊，全力挺她，不過她是位誠實的女人，如實地陳述證詞，不會故意為夫人開脫。」

「那默狄思．布萊克呢？」

「可憐的傢伙，整件事傷透他的心了，拚命怪自己不該亂做藥——驗屍官對他也頗有微詞。『毒藥法案』附錄中就提到了毒芹鹼和一種鹽類。默狄思被狠狠臭罵了一頓，加上他又是雙方的好友，受的打擊可大了——況且他又是那種深居簡出、喜歡隱姓埋名的紳士。」

「奎雷夫人的小妹妹出面作證了嗎？」

「沒有，沒那個必要。奎雷夫人威脅丈夫時她並不在場，而且她能說的，我們也都能從別人身上問到。小妹妹看見奎雷夫人到冰箱取出冰啤酒，當然了，被告律師也可以傳她作證，說奎雷夫人只是單純的拿啤酒，並未動什麼手腳。但這毫無影響，因為我們從未說過啤酒瓶裡有毒。」

「旁邊有兩人看著，她如何能在杯中下毒？」

「噢，第一點，那兩個人並未看著她，也就是說，奎雷先生在作畫，看著畫布和模特兒。而葛里爾小姐在擺姿勢，幾乎是背朝奎雷夫人站的地方看著奎雷先生的肩後。」

白羅點點頭。

「因此兩人都沒有注意到奎雷夫人，奎雷夫人把藥放在小容器裡，就是那種用來吸墨汁的鋼筆管子。我們發現那玩意兒在回房子的路上摔成了碎片。」

白羅低聲說道：「你的每個問題都有答案。」

「噢，別這樣，白羅先生！我沒有什麼偏見的，是奎雷夫人威脅要殺他的，是她從實驗室拿走毒藥，是在她房裡找到的空瓶子，除了她沒有別人動過；她還特意送冰啤酒給他

——怎麼說都很奇怪，要知道，他們兩人連話都不說了——」

「是頗有蹊蹺。我早已提到了。」

「是啊，是有點自露破綻，她為什麼突然大發慈悲？阿瑪斯抱怨啤酒難喝，而毒芹鹼的味道確實令人不敢恭維。發現屍體是她一手安排的，她還遣走家教去打電話。為什麼？這樣才可以擦去酒瓶和酒杯上的指紋，把死者的手指按到上面，然後推說死者是悔恨自殺的。」

「可惜編得不太巧妙。」

「就是嘛。我覺得奎雷夫人編得相當草率，她心中充滿了怨恨與嫉妒，一心只想殺她老公。接著，等一切結束，當她看見他死在那兒時，便突然清醒過來，意識到自己殺了人了。謀殺是要處以絞刑的，於是絕望中只好大膽的孤注一擲，說他是自殺的。」

「你說得對。也許她就是這麼想的。」白羅答道。

「這樁案子可說是預謀殺人，也可說不是。」海勒表示，「我相信她事先沒有想過，只是無意中犯下的。」

白羅喃喃地說：「我覺得奇怪……」

海勒好奇地打量他說：「白羅先生，這樁案子相當清楚，難道我還沒能說服你嗎？」

「差不多了，但還不盡然，有一兩個地方不太說得通……」

「你能提出其他有力的解釋嗎？」

白羅回答說：「那天上午其他人都在幹什麼？」

「我們調查過了，可以很肯定地告訴你。我們調查了每一個人的行蹤，沒有人有所謂的不在場證明，在毒殺案裡，不在場證明是很難成立的。誰能保證凶手不是在前一天把藥丸拿給受害者，騙他說這是專治消化不良的藥，必須在午飯前服用，然後自己跑到英格蘭的另一端去。」

「但你不認為本案是這種情形嗎？」

「奎雷先生沒有消化不良，而且怎麼看都沒有發生過這種事。默狄思確實推薦過一些自製的偏方，不過奎雷先生並未試過其中任何一種。因為他要是試過，很可能會提起並揶揄一番。更何況，默狄思幹嘛殺奎雷先生？每個人都證實他們倆的關係不錯，他們的關係都滿好的。菲利普是他最好的朋友。葛里爾小姐是他的情人，我想威廉斯小姐是很不喜歡他啦，但是道德上的嫌惡，不至於讓她殺人吧。年幼的沃倫小姐常和奎雷先生吵嘴，她正處於無理取鬧的年齡——正該上學了，不過奎雷先生很喜歡她，她對他也一樣。沃倫小姐在家中特別受寵，你大概已經聽說其中的原因了。她還在襁褓時就受了重傷——是奎雷夫人狂怒下造成的。這點不就足以說明，奎雷夫人是那種行為會失控的人嗎？竟然找一個孩子出氣，還使她終身殘廢！」

白羅若有所思地說：「也許這更適足以說明，安吉拉．沃倫有理由憎恨卡蘿琳。」

「也許吧，但她沒理由討厭阿瑪斯．奎雷呀，而且不管怎麼說，奎雷夫人全心呵護她妹妹——在雙親過世後，給予她家庭的溫暖，而且對她百般疼愛——據說都把她寵壞了，那女孩顯然很喜歡奎雷夫人。大家不讓她出庭，盡可能讓她避得遠遠的——奎雷夫人堅決要求這麼辦。那女孩難過極了，一直央人帶她去獄中探望姐姐，但卡蘿琳不同意，說這種事會影響妹妹的生活態度。她安排人把妹妹送到國外上學。」

他又加上幾句：「沃倫小姐後來成為非常傑出的女性，去過不少人煙罕至的地方，還在皇家地理協會之類的場合舉辦演講。」

「沒有人記得那樁審判嗎？」

「噢，一方面是因為名字不同。她們是同母異父，所以姐妹倆姓氏不同，奎雷夫人原姓斯貝丁。」

「那位威廉斯小姐是孩子的家教，還是安吉拉．沃倫小姐的？」

「是安吉拉的，孩子另有個保母。不過她每天也都幫著那孩子上點課。」

「當時孩子在哪兒？」

「保母帶著她去看奶奶翠西蓮夫人。這位寡居的夫人兩位小女兒都死了，所以對這孩子疼愛有加。」

「我明白了。」白羅點頭說。

海勒接著說：「至於謀殺當天每個人的行蹤，我都可以告訴你。

「早飯後葛里爾小姐坐在陽台上靠近圖書室窗戶的地方，我剛說過，她在那兒聽到奎雷夫婦的爭執。之後她陪奎雷到花園，充當模特兒，直到午飯時為止，中間只休息了幾次，鬆弛一下肌肉。

「菲利普早飯後待在屋裡，也聽見兩人一部分的爭吵。奎雷和葛里爾離開後，他在看報，這時接到了他哥哥的電話。於是菲利普到海邊接了哥哥，一起沿路走上來，途中經過砲兵園。葛里爾小姐後來回屋子取毛衣，因為她覺得有點冷，而奎雷夫人則和丈夫討論安排安吉拉離家上學的事。」

「啊，他們倒挺心平氣和的嘛。」

「才不心平氣和哩，據我所知，阿瑪斯幾乎是在吼她，罵她拿這些瑣事來煩他。我看，她是想，如果真的要離婚的話，也得把事情都先處理妥當。」

白羅點點頭。

海勒繼續說道：「那兩兄弟和阿瑪斯聊了幾句，接著葛里爾小姐就回來了，她擺好姿勢，阿瑪斯重新拿起畫筆，顯然想要他們離開。兩兄弟知趣的回到房子裡。對了，他們在花園時，聽到阿瑪斯抱怨手邊的啤酒太熱，奎雷夫人答應給他送冰啤酒過去。」

「啊哈！」

「沒錯，啊哈！她倒像個天使！後來他們倆回屋子，坐在外面陽台上，奎雷夫人和安吉拉．沃倫幫他們送啤酒過來。

「後來，安吉拉去海邊游泳，菲利普跟著她一起去。默狄思走到砲兵園上方的空地上坐下來，正好可以看見坐在雉堞牆上的葛里爾小姐，聽見她和阿瑪斯的交談聲。他坐在那裡想著毒芹鹼的事，心裡仍舊十分擔心，不知如何是好。艾莎．葛里爾看見他了，向他招手。午餐鈴響，他走下花園，和葛里爾小姐一起回屋子裡。據他說，他注意到阿瑪斯看上去很怪，但當時他並未多想。阿瑪斯這種人從來不生病——因此誰也沒料到他病了，而且他作畫不滿意時，常會惱火、情緒低落，這時大家就會讓他一個人獨處，盡量不和他說話。所以默狄思和葛里爾小姐便走開了。

「至於其他人，僕人都在忙家事、準備午餐。威廉斯小姐先是在教室批改作業，後來帶了些針線活去陽台。安吉拉．沃倫大半個上午都在花園裡閒逛，爬樹啦，找吃的啦——十五歲的孩子就是這樣——又去摘李子、酸蘋果、硬梨子等等之類的。回屋裡後，我說過，她和菲利普一起去海邊，在午飯前游了一趟泳。」

警長海勒停頓了一下。

「現在，」他故意問道，「你發現什麼破綻了嗎？」

白羅回答說：「毫無破綻。」

「那就對了！」

這句話意味深長。

「不過，」白羅說道，「我還是得讓自己心服口服才行，我——」

「你打算怎麼做？」

「我想分別拜訪這五個人——聽聽他們個別的說法。」

警長海勒悲嘆一聲。他說：「你這個人哪，實在拿你沒轍！他們說的話一定不可能一致！你難道不明白這麼簡單的道理嗎？沒有兩個人的記憶順序會是一致的，況且事情都過這麼多年了！你會聽到五件不同的謀殺案哪！」

白羅答道：「我要的就是這個。這一定很具啟發性！」

06 一隻小豬上市場

菲利普·布萊克和狄里奇形容的一模一樣——闊綽、精明、友善，有些發福跡象。

白羅將約會安排在週六下午六點半。菲利普剛打完十八洞，這場球賽他贏了對手五桿，心情不錯，因此很友好，也很健談。

白羅做了自我介紹，解釋來由。這次他至少沒有一副要追根究柢的樣子，菲利普以為對方是為了編寫一系列著名案例的叢書而來的。

菲利普皺皺眉頭說：「天哪，編這些東西幹什麼呢？」

白羅聳聳肩。今天他表現得格外像個外國人，他知道這樣會遭人鄙視，但比較容易得到同情。他輕聲回答說：「是讀者啦，讀者喜歡這類讀物。真的，熱中得很。」

「嗜血性格。」菲利普·布萊克答道。

但他的語氣是戲謔的，並非挑剔與厭惡。

白羅聳聳肩說：「人嘛，天性如此。布萊克先生，你比我懂得人情世故，自然對人類不會存有幻想。其實大多數人並不壞，但也不必把他們理想化。」

布萊克先生由衷地表示：「我很久以前就不存幻想了。」

「不過我聽人說，你相當能言善道哩。」

「啊！」菲利普眨眨眼睛。「這個你也聽說啦？」

白羅適時仰天大笑，這話雖不特別具有意義，卻很好笑。

菲利普．布萊克靠在椅子上，瞇著眼睛，顯得怡然自得。

白羅突然覺得他像一隻心滿意足的豬。

一隻豬。

「一隻小豬上市場……」

這個人，這位菲利普．布萊克先生，是個什麼樣的人？他看似無憂無慮。他富有而心滿意足，不懊悔過去，不因往事而受良心譴責，也沒有剪不斷理還亂的思緒。都沒有，他只是一隻餵得飽飽，上過市場的豬，而且賣了一筆好價錢……

然而，以前菲利普也許不是這樣的。年輕時，他一定十分瀟灑。他的眼睛是有點小，兩眼間的距離顯得略近，但應該曾是個魁梧體面的年輕人。他現在多大年紀了？大約在五十到六十之間吧。那麼，阿瑪斯遇害時，他大概快四十了。那時應該沒那麼蠢庸，不那麼滿足現狀吧。也許對生活的欲望更多，而所得的卻漸少……

白羅冒出了一句口頭禪：「你知道我是做什麼職業吧。」

「不，我真的一點也不了解。」證券經紀人重新坐直身子，目光又變得銳利起來。「為什麼由你來寫？你不是作家吧？」

「不盡然是──不，事實上，我是個偵探。」

白羅的語氣從來沒有這樣謙虛過。

「當然，誰不知道您是鼎鼎大名的神探白羅啊！」

然而他的語氣略帶譏諷，菲利普．布萊克這個典型的英國佬，根本不把外國人的客氣放在眼裡。他也許會對友人說：「白羅是個怪裡怪氣的江湖術士，不過，他那些玩意大概還能騙騙女人。」

儘管這種不設防的嘲弄態度正是白羅所要的，但他還是非常的不舒服。眼前這個成功的生意人，居然不把神探白羅當回事！簡直令人氣結！

白羅言不由衷地說：「很感激你對我如此了解。請容我解釋一下，我以往之所以能成功的破案，是因為我都以心理研究為基礎──也就是不斷地探問人類的行為動機。布萊克先生，這正是今天人們對犯罪世界感興趣的地方，過去人們是對羅曼史感興趣。以前我們只從單一角度解讀大案子──即與之相關的愛情故事；現在不同了，人們津津有味地讀著克里本醫生殺妻的故事，因為她高大而強勢，他卻矮小而微不足道，所以可說是因自慚形穢而動手殺妻。還有某個女人犯罪的故事，她因三歲時受過父親冷落，日後因而種下殺人的因子。這就是我說的，吸引人們犯罪的理由。」

菲利普．布萊克打了個哈欠說：「大部分的做案動機都非常明顯嘛，我看通常都是為了錢。」

白羅大聲表示：「啊，親愛的先生，殺人動機很少那麼單純，而問題的關鍵也就在這裡啊！」

「所以你才來湊一腳囉？」

「是啊，你說得對，所以我才來湊一腳。有人建議我從心理觀點，重寫過去某些案件。犯罪心理學是我的專長，我已接受了這項委託。」

菲利普．布萊克咧嘴笑了。

「一定挺賺錢的吧？」

「但願如此，我當然希望如此。」

「恭喜你啦，現在也許你可以告訴我，我的施力點在哪裡？」

「那是當然了，先生，請談談奎雷案吧。」

菲利普看來並不詫異，卻是若有所思的樣子。他說：「哦，那當然，奎雷一案……」

白羅急切地問：「提起此事不會讓你心煩吧，布萊克先生？」

「哦，關於這點嘛，」菲利普聳聳肩。「無力制止的事，討厭它有什麼用？卡蘿琳．奎雷案的審判眾所周知，任何人都可以寫成故事，我反對又有什麼用。老實說，我也不介意讓你知道，我很討厭別人這麼做。阿瑪斯·奎雷是我最要好的朋友，我很遺憾這件悲劇又要被人翻出來，但這種事無可避免。」

「你的話很有哲理，布萊克先生。」

「不，不，我只是知道不要拿雞蛋碰石頭而已，我想你不會像很多人寫得那樣誇張露骨吧。」

「我希望至少能寫得比較委婉含蓄，比較有品味些。」白羅回答說。

菲利普大笑起來，但並不是真的開懷大笑。

「聽你這麼說令我想笑。」

「我向你保證，布萊克先生，我真的很感興趣。對我來說這不光是錢的問題。我的確想要重現過去，去感受並了解發生過的事情，深入表象，將涉案人的心理與感情表達出來。」

菲利普表示：「我不知道這案子有什麼複雜之處，案情一目瞭然——女人的強烈妒意所致，就這麼簡單。」

「布萊克先生，若能知道你對此事的反應，一定十分有趣。」

菲利普臉色一沉，突然叫起來。

「反應！什麼反應？少賣弄專業了！我不可能沒事似的在那兒談我的反應！你難道不明白嗎？我的朋友——我的朋友被人殺了——被毒死了！我要是早一點行動，說不定就可以救他了！」

「你怎麼解讀這件事呢，布萊克先生？」

「是這樣的。我猜你已經讀過此案的卷宗了吧？」白羅點點頭。「那好。當天上午我哥哥打電話給我，憂心忡忡地說，他配的一種致命毒藥不見了。結果我做了些什麼？我叫他過來一起商量怎麼做最好。『商量怎麼做最好。』想到自己如此優柔寡斷，我到現在還會痛心！我應該知道事態緊急，應該直接去警告阿瑪斯，應該告訴他：『卡蘿琳偷了默狄思的毒藥，你和艾莎最好當心點。』」

菲利普站起來，激動地踱來踱去。

「天啊，你以為我沒有反覆想過嗎？我知道有人偷了毒藥啊。我本來有機會救他的，但我耽誤了，偏要等默狄思！我為什麼沒想到卡蘿琳不會猶豫，她偷藥就是要使用的，一逮到機會就會下手了，不會等默狄思發現丟了東西再說。我知道——我當然知道阿瑪斯危在旦夕，我卻沒有採取任何行動！」

「先生，你不必過分自責。你當時時間並不充裕——」

對方打斷他的話。

「時間？我有足夠的時間。我可以採取任何一種行動。我說過，我可以去找阿瑪斯，不過他當然有可能不相信我的話。阿瑪斯就是那種人，很難讓他相信他會有危險。聽到這話他會冷嘲熱諷，而且他從不知道卡蘿琳是個如此歹毒的女人。我本來可以去找卡蘿琳，告訴她說：『我知道你想幹什麼，知道你的詭計，不過阿瑪斯或艾莎若被毒芹鹼毒死了，你也會上絞台！』這樣或許就能阻止她了。或者我也可以打電話報警。噢！有那麼多的辦法——而我，卻偏受默狄思影響，變得謹慎猶疑。『我們得弄清楚，仔細討論，弄清到底是誰拿的……』該死的老白癡！一輩子不曾果斷地做過決定！幸好他是長子，可以靠家產過日子，要是他想做事業，包準他傾家盪產。」

白羅問：「你很篤定誰拿了毒藥嗎？」

「當然了。我立刻就知道是卡蘿琳拿的，我非常了解卡蘿琳。」

白羅說：「有意思。布萊克先生，你能告訴我卡蘿琳是怎樣的人嗎？」

菲利普苛刻地說：「她和出庭時的小媳婦模樣完全不同！」

「那她是什麼樣的人？」

菲利普再度坐下，正色問道：「你真的想知道嗎？」

「是的，非常想知道。」

「卡蘿琳很壞，而且壞到骨子裡。別忘了，她極具魅力，那甜美的模樣把大家全騙了。她那脆弱無助的神情，激發了人們的同情心。我在讀歷史的時候，有時會覺得蘇格蘭的瑪麗皇后跟她頗像，總是一副柔弱可愛而迷人的樣子，事實上卻冷酷而工於心計，陰謀害死了達恩利，而且還逍遙法外。卡蘿琳就是那樣，冷血而精於算計，而且她脾氣壞透了。

「不知他們告訴你了沒有——雖然這不是審訊的重點，卻也能說明一二——她對自己的小妹妹幹了什麼事？她很會吃醋，她母親改嫁後，所有的心神都轉移到小安吉拉身上，卡蘿琳無法忍受。她曾想用鐵棍殺死襁褓中的嬰兒——結果擊中了頭部，幸好未擊中要害，但做這種事也太駭人了吧！」

「是啊，實在可怕。」

「嗯，卡蘿琳就是這種人，凡事都要贏，絕不能輸。她的冷酷、自我中心一旦受到冒犯，就有可能去殺人放火。

「她看起來容易衝動，實際上城府極深。卡蘿琳年少時來到奧德堡，一下子就把我們征服了，但是她心裡自有盤算。她自己沒有錢，我呢，從來就沒有籌碼——我不是長子，得靠自己賺錢維生。（好笑的是，今天的我也許可以買下默狄思和阿瑪斯的家產，如果他還活著的話！）卡蘿琳考慮過跟默狄思在一起，後來決定嫁給阿瑪斯。阿瑪斯日後會繼承奧德堡莊園，雖然財產不多，但卡蘿琳知道他會是個傑出的畫家，便在他身上押寶——賭他的天分，也賭他的功成名就。

「卡蘿琳贏了。阿瑪斯很早就獲得讚譽。他不是那種趕流行的畫家，但他的天分得到肯定，畫也賣出去了。你見過他的畫嗎？這兒就有一幅。過來看看吧。」

菲利普在前面帶路，來到餐廳，指著左邊牆壁說：「就是這幅。阿瑪斯畫的。」

白羅靜靜看著。他感到震驚，居然有人能把傳統的物件與自己獨特的藝術魅力融合得如此完美！畫中磨光的紅木餐桌上擺著一瓶玫瑰，明明是貌不起眼的東西，阿瑪斯何以能讓玫瑰如此怒放，色彩濃豔到近乎淫蕩？光可鑑人的桌木似在微微顫動，彷彿有了靈性。該怎樣解釋這幅畫激起的悸動呢？它就是叫人興奮。桌子的比例一定令海勒警長不舒服，而且他一定會抱怨說，沒見過長這樣子、這種顏色的玫瑰。看完畫後，想必他又會莫名其妙地覺得他所見過的玫瑰都不夠漂亮，而紅木圓桌也會讓他沒來由的不高興。

白羅輕輕嘆口氣。他輕聲說：「啊——盡在其中。」

布萊克又把他帶回客廳。他咕噥道：「我本人不懂藝術。不知道為什麼我那麼喜歡看那幅畫，我的確愛看。這畫……噢，他媽的，畫得真好。」

白羅重重地點點頭。菲利普為客人遞上菸，自己也點了一根。他說：「他就是這樣一個人，畫玫瑰的人。他畫〈婦女和鯊魚〉，畫了痛苦的〈耶穌的誕生〉；結果這樣的一個人，竟然為了一個稟性頑劣、報復心強的女人而英年早逝！」他停頓一下，然後說：「你也許覺得我太口不留情，對卡蘿琳偏見過深。她是很有魅力，這我感覺到了，但我了解——我一向都了解——魅力背後那個真正的女人。而那個女人，白羅先生，是邪惡的化身。她殘忍、歹毒，是個唯利是圖的女人！」

「可是別人告訴我，奎雷夫人婚後吃了不少苦，是嗎？」

「是啊，但她也很愛到處張揚，不是嗎？老擺一副受氣包的樣子！可憐的阿瑪斯，他的婚姻生活簡直就像在地獄——或者說，要不是他那獨特的性格，他的婚姻老早就有如煉獄了。他的藝術——你知道，他一向熱愛藝術——是一種逃避。只要一畫畫，他就可以一切都無所謂，可以擺脫卡蘿琳和她的喋喋不休，以及無休無止的爭執。他們從未停止爭吵，每個星期都會為某件事鬧得雞犬不寧。卡蘿琳就喜歡這樣，我覺得吵架令她興奮，是一種發洩。她什麼刻薄、難聽的話都說得出口，吵完了她就心滿意足了，可以像隻吃飽的貓一樣走開。但他卻精疲力竭了，阿瑪斯需要的是平平靜靜地生活，像他這樣的人根本不該結婚——他不適合家庭生活。他適合談戀愛，但不該有束縛，他一定會受不了的。」

「他對你說過？」

「嗯。他知道我是個忠實的朋友，他讓我知道事實，卻不抱怨。他不是會抱怨的人，有時他會說：『女人們都去死吧。』或說：『千萬別結婚，老弟，等死了再下地獄也不遲。』」

「你知道他和葛里爾小姐的事嗎？」

「嗯，知道，至少我看出苗頭了。他跟我說他遇到一位特立獨行的女孩，跟以前遇見的女人都不同。不過我沒太在意。阿瑪斯老是碰見一些『與眾不同』的女人，通常一個月後你再提起她，他會瞪著兩眼，不知你在說哪一位！但艾莎．葛里爾的確特別，我一到奧德堡就感覺到了。阿瑪斯為她神魂顛倒，完全任她擺布。」

「你也不太喜歡艾莎．葛里爾吧？」

「沒錯，我不喜歡她。她占有欲極強，同樣也想完全擁有阿瑪斯，不過儘管如此，我還是認為她比卡蘿琳更適合阿瑪斯。一旦她對他感到放心，也許就會任由他去。或者等她膩了，她也會移情別戀。對阿瑪斯最好的生活，就是沒有女人纏著他。」

「不過，他大概不太樂意過這樣的日子吧？」

「這個笨蛋老和女人糾纏不清，不過，反正女人對他而言無足輕重。他這輩子真正在乎過的女人只有兩個，就是卡蘿琳和艾莎。」

白羅問道：「他愛孩子嗎？」

「安吉拉嗎？噢，我們都很喜歡安吉拉。她非常活潑，皮得要命，可憐的家教都快被她氣死了。是的，阿瑪斯很喜歡安吉拉，但有時候她太過分了，害他氣不過，然後卡蘿琳便會插手。卡蘿琳總站在安吉拉那邊，弄得阿瑪斯束手無策。他討厭卡蘿琳老幫著安吉拉對付自己。大概有點吃味吧，阿瑪斯嫉妒卡蘿琳老把安吉拉放在第一順位，願意為她做牛做馬。安吉拉也嫉妒阿瑪斯，並反抗他的獨斷專行。決定讓安吉拉秋天離家上學的，就是阿瑪斯，安吉拉氣壞了，我覺得倒不是她不願離家上學，事實上她早就想去了，只是阿瑪斯的獨斷獨行，令她無法消受。安吉拉使出各種手段報復阿瑪斯，有一回，她在阿瑪斯床上放了十條鼻涕蟲。總之，我覺得阿瑪斯做得沒錯，那孩子是該管教管教了。威廉斯小姐很能幹，但連她都說她管不住安吉拉。」

他停了下來。

白羅說：「我問阿瑪斯愛不愛孩子，指的是他自己的孩子，他的女兒。」

「哦，你是指小卡拉呀？是的，她好可愛啊！阿瑪斯心情好的時候很喜歡陪她玩，但儘管愛女兒，他還是想娶艾莎，我想你要問的就是這個吧？他不可能愛孩子愛到那種程度。」

「卡蘿琳對孩子很全心全意嗎？」

菲利普的臉一陣抽搐，他說：「我不能說她不是個好母親，不，我不可以這麼說，這是唯一——」

「唯一的什麼，布萊克先生？」

菲利普痛苦的緩緩說道：「這是整件事中唯一令我痛心的地方，想到那孩子小小年紀就遭此悲劇，實在令人難過。他們把孩子送到國外，阿瑪斯的表妹那裡去了。我希望——我真心希望——他們盡量不要讓孩子知道真相。」

白羅搖搖頭說：「布萊克先生，真相是永遠無法隱藏的，哪怕過了許多年。」

證券經紀人喃喃地說：「我懷疑。」

白羅接著說：「說到真相，布萊克先生，我想請你做件事。」

「什麼事？」

「我想請你把那幾天發生在奧德堡的事詳實地記錄下來，也就是說，我想請你幫我整理一份關於謀殺案及其他情況的完整描述。」

「可是，老兄，都事隔這麼多年了！恐怕我記得支離破碎的。」

「不見得吧。」

「一定是的。」

「不會。一方面是，隨著時間的推移，腦海裡會留下一些基本的東西，至於表面現象就可能都忘了。」

「噢！你指的是大體輪廓嗎？」

「不，我指的是詳盡如實地記述發生的每一件事，以及你能記得的每一次談話。」

「要是我記錯了呢？」

「你盡可能仔細寫下你能記得的，或許會有些出入，但那是誰也無法避免的。」

菲利普好奇的打量他。

「幹嘛這麼做呢？警察的卷宗寫得準確多了。」

「不，布萊克先生，我們現在是從心理學的角度出發。我不想要簡單的事實，我要的是你所選取的事實，由時間和記憶來負責選擇。其中可能會有一些翻遍卷宗也找不到的事和說過的話，一些因為你覺得不相干或不願重述而不曾提過的事。」

菲利普直截了當地問：「我寫的東西會出版嗎？」

「當然不會。只是給我自己看，協助我進行推理而已。」

「你不會不經過我的同意而引述其中的話吧？」

「絕對不會。」

「嗯，」菲利普說，「我很忙哪，白羅先生。」

「我會非常感激你花費的時間和精力，我也很樂意支付合理的報酬。」

一陣沉默後，菲利普突然冒出一句話：「不，如果要寫，我不會收半分錢。」

「你答應了？」

菲利普提醒他說：「記住，我可不敢打包票我沒記錯。」

「我完全可以理解。」

「那麼我想，」菲利普說，「我很樂意幫你寫。我覺得我……怎麼說呢，我欠阿瑪斯一份情。」

07

一隻小豬待在家

白羅從不忽視細節。他經過仔細盤算後，才動身去找默狄思．布萊克。他確信默狄思．布萊克和菲利普的個性迥異，倉卒作戰不會奏效，應該慢條斯理的進攻才行。

白羅知道只有一個辦法可以攻破對方的心防，他必須取得適度的信賴才能接近默狄思，而這種信賴必須是人際上的，而非職務上的。幸虧白羅在工作過程中，結識了各地的朋友，德文郡亦不例外。他坐下來回想德文郡有哪些熟人，結果想起兩個認識默狄思或熟識他的人。於是他帶了兩封信出發，一封是瑪麗．利頓戈夫人寫的，她是位深居簡出的寡婦；另一封信索自一位退休海軍上將，他家在本郡已定居四代了。

默狄思．布萊克接待白羅時略顯慌亂。

他最近老是覺得世道變了，真是見鬼，以前私家偵探就是私家偵探，是那種婚宴時請他們負責警衛、遇上丟臉的事時找他們想辦法的人。

可是瑪麗·利頓戈夫人的信上竟然寫道：「赫丘勒·白羅是我的老朋友。請盡全力幫助他，好嗎？」利頓戈夫人不像那種會和私家偵探有所牽扯的人嘛。還有康蕭上將寫著：「他為人非常正直，閣下若能相助，將深表感激。白羅先生十分風趣，有說不完的精采故事。」

如今這傢伙就站在他面前，這人簡直土斃了，衣著不合時宜，穿了雙釘釦的靴子！還留著那副什麼鬍子！他跟自己——默狄思先生——根本就是道不同嘛，而且看來一副從沒打過獵或開過槍的樣子，甚至連體面一點的娛樂可能都沒碰過，簡直是化外之民。

白羅準確地判讀對方的心思，心中暗自好笑。

隨著火車漸向西行，白羅的好奇心亦隨之大增。現在他可以親眼見到當年事件發生的場景了。

就是這座漢十字莊園，那兩兄弟曾住在這裡，並一起到奧德堡嬉戲、打網球，還結識了小阿瑪斯·奎雷以及一名叫卡蘿琳的女孩。悲劇發生的那個上午，默狄思由此前去奧德堡……那都是十六年前的事了。白羅饒富興味的打量面前這個客氣而生分的人。

默狄思和他的預期相去不遠，看起來，正是那種典型的財務吃緊又喜愛戶外活動的英國鄉紳。

他穿著一件舊的花呢外套，有張飽經風霜而友善的臉，看上去是個中年人，眼色淡藍，鬆垮的嘴巴幾乎淹沒在蓬亂的鬍子中。白羅發現默狄思與他弟弟形成鮮明的對比，此人憂柔且思路溫吞，時間的流逝似乎拖緩了他的節奏，而他弟弟卻反而加快了步調。

正如白羅所料，這種人催不得，英國鄉村的悠閒生活已侵入他骨子裡了。

白羅心想，默狄思看起來比他的弟弟老多了，雖然聽喬納森先生說，兩個人好像只差幾歲而已。

白羅頗自傲的一點是，他很懂得對付這種「老夫子」。現在可不是跟他打英國牌的時候，不行，他得裝出一副外國人、外國老土的樣子才行，這樣對方才不會覺得他冒昧。「當然啦，外國人不懂規矩嘛。吃早飯時還跟人握手，不過，還算是個正派人……」

白羅故意裝出這副模樣，兩人客氣的談著瑪麗．利頓戈夫人和康蕭上將，還提一些其他人。幸虧白羅認識某人的表姐，還見過另一個人的嫂子。他可以看出鄉紳眼裡漸漸露出一絲暖意——這個老土好像真的認識幾個有頭有臉的人呢。

白羅很巧妙而不落痕跡的切入正題——這本書，啊哈，就要動筆了。奎雷小姐，她現在是洛曼荃小姐，強調說要他以公正客觀的態度編輯此書。可惜本案的諸項事實皆已眾所周知，但他們在編寫此書時，會避開二度傷害——白羅低聲表示，以前他曾利用職權，刪掉某部回憶錄中的褻瀆文字。

默狄思氣紅了臉，他一邊裝菸斗，手一邊微微發顫。他近乎結巴地說：「翻這些舊帳，未免也太……太唯恐天下不亂了吧，都過去十多年了，他們為什麼還不放過？」

白羅聳聳肩說：「我跟你想的一樣。可是又能怎麼辦？市場有這種需求嘛，而且每個人都有自由去重構一件已經證實的案件，並做出自己的評論。」

「我覺得這麼做很不入流。」

「唉，這確實是個不怎麼高尚的年代。默狄思先生，要是你唸到那些還沒被我淡化過的作者原稿的話，一定會大吃一驚。為了不傷害奎雷小姐，我願盡我最大的努力。」

默狄思喃喃說道：「小卡拉！那孩子現在長大成人了，簡直難以置信。」

「對。時光飛逝，是吧？」

默狄思嘆息道：「太快了。」

「要是我把奎雷小姐的信拿給你看，你就會知道她多麼想了解那些悲慘的往事。」

默狄思憤憤地說：「為什麼？為什麼要再提起往事？要是大家都忘了該多好。」

「先生，你這麼說是因為你太了解過去了，但奎雷小姐一無所知，也就是說，她只能從正式文件中得知。」

默狄思一顫，說道：「對，我忘了。可憐的孩子，她的處境多難堪哪，知道真相一定令她震驚不已，況且還是……赤裸裸的審判報告。」

白羅說：「僅僅一個案件記錄根本不足說明真相，沒有被記錄下來的東西，才是真正重要的。那些情緒、感覺，那些當事者的性格，那些有待斟酌的——」

白羅停下來，而對方竟像忘詞的演員接到提示似的，滔滔不絕地說了起來。

「有待斟酌的細節！就是這一點，沒有比這件案子更有待斟酌的了。阿瑪斯是我的老友——我們兩家是世交，不過坦白說，他的行徑實在太離譜了。當然了，他是藝術家，但問題是，他做出令人不恥的事，一般正派的人絕不會那麼做的。」
白羅回答說：「你的話我很感興趣。當時的情況很令我費解，一般教養好、閱歷豐富的人，是不會這麼做的。」
默狄思瘦削的面容漸漸活潑起來，他說：「對。但關鍵在於，阿瑪斯不是普通人！你知道，他是個畫家，畫畫永遠擺在第一位——真的，有時甚至叫人吃驚！我實在不懂這些所謂的藝術家，從來也沒懂過。當然了，我對奎雷多少能理解，因為我們從小熟識，他家的人和我家的人差不多。奎雷在很多方面都繼承了家風，只是因為畫畫，他才有所不同。他是個不折不扣的專業畫家，是第一流的創作者，箇中翹楚。有人說他是天才，也許他們說得對。但結果，像我所說的，他失去平衡。他作畫時，別的什麼都不在意，不許受到任何干擾，就像夢遊般，完全沉浸在自己的創作裡，直至畫完了，才回復正常，重新展開生活。」
他用詢問的目光看著白羅，白羅點了點頭。
「我看得出你了解。唉，所以後來才會發生那種不尋常的事了，他愛上那個女孩，想娶她為妻，打算為她拋家棄子。不過阿瑪斯已經開始在這裡為她作畫了，他想先把畫畫完，其他都無所謂。他眼裡看不到任何別的東西，而且完全沒意識到，兩位女士無法容忍這種情形。」
「她們雙方都了解他的想法嗎？」
「噢，是啊，從某個角度來說。我想艾莎是了解的，她對阿瑪斯的畫作非常著迷，但她的立場很尷尬，對卡蘿琳也是——」

他停下來。白羅回答說：「對於卡蘿琳也是——是呀，的確如此。」

默狄思說得有些費勁：「卡蘿琳……我一向……一向很喜歡卡蘿琳。有一陣子還希望能娶她，不過我很快就打消這個念頭了。然而我還是……怎麼說呢，還是很忠實地……為她效勞。」

白羅若有所思地點點頭。他覺得，這種保守的表達方式，很足以代表眼前的這個人。默狄思是那種樂於為浪漫、榮譽獻身的人，他會忠心不二的為情人效力而不求任何回報。對，他確實就是這種性格。白羅仔細斟酌後說：「站在卡蘿琳的立場，你一定對阿瑪斯的態度很反感，是吧？」

「是的。唉，我的確很反感，我……我還就此事勸過阿瑪斯。」

「什麼時候？」

「就在出事的前一天下午，他們過來喝茶，這你應該知道了。我把阿瑪斯叫到一旁，跟他挑明了講。我記得我甚至告訴他，這對雙方都不公平。」

「啊，你這樣說啊？」

「是的，因為我覺得他並不了解狀況。」

「也許吧。」

「我跟他說，這對卡蘿琳太不尊重，他若真想娶那女孩，也不該讓她住在家裡——而且，還當著卡蘿琳的面和她打情罵俏。我說，這種侮辱誰受得了。」

白羅好奇地問：「他怎麼說？」

「他說：『卡蘿琳不忍也得忍。』」默狄思不屑地說。

白羅的眉毛都豎起來了。

「回答得真無情哪。」

「我簡直氣壞了，發了一頓脾氣。我說，那當然了，他反正不在乎他老婆，任憑她受苦也無所謂，但他總該為那個女孩想想吧，難道他沒想到她的處境也很難堪嗎？他回答說艾莎也得忍著！接著他又說：『你好像不明白，默狄思，現在這幅畫是我畢生最完美的一幅創作，我告訴你，它真的很棒。兩個愛爭風吃醋的女人休想打擾我作畫——不行，他媽的，門都沒有。』

「我跟他實在談不下去，便罵他喪心病狂。我說，畫畫又不是一切，他卻打斷我說：『啊，對我來說，畫畫就是一切。』

「我氣瘋了，說他這樣對待卡蘿琳，實在太過分了。卡蘿琳跟他在一起簡直是活受罪。他說他知道，還說他很過意不去。他說：『我知道，默狄思，你大概不會相信，但這是真的。我傷了卡蘿琳的心，她卻一直忍著，但我覺得，她以前就明白自己將來會過什麼樣的日子了。我曾坦白的告訴過她，我是一個極端自我中心的浪子。』

「接著，我竭力勸他別破壞婚姻，因為還得考慮孩子和其他等等的問題。我說我知道像艾莎那樣的女孩確實令男人傾倒，但就算為她著想好了，他也該割捨這一切。她那麼年輕，就算現在義無反顧，將來也會悔不當初。我問阿瑪斯為何不痛下決心，快刀斬亂麻，回到妻子身邊？」

「他怎麼說？」

「他只是……一臉尷尬。他拍拍我的肩膀說：『你是個好人，默狄思，可是你太多愁善感了。等我把畫畫完成，你就會知道我是對的。』

「我答道：『咒你的畫去死吧。』他笑著說，只怕全英國的女人都不會贊成。我說，至少等到畫完成之後再把這件事告訴卡蘿琳，這才算厚道嘛。他說那又不是他的錯，是艾莎抖出來的。我問為什麼？他答說，艾莎覺得隱瞞事實不夠光明正大，她希望把事情攤開來說。唉，從某方面來看，艾莎的做法不難理解，這也是滿值得肯定的。不管她怎麼過分，至少她很坦誠。」

「許多不必要的痛苦和憂傷，就是坦誠造成的。」白羅感嘆道。

默狄思困惑地看著白羅，他不喜歡這種感傷的氣氛，便嘆口氣說：「當時我們都……很不開心。」

「不為所動的似乎只有阿瑪斯一個人。」白羅答道。

「你知道為什麼嗎？因為他是天下最自私的人。現在我想起來了，他走的時候，還咧著嘴笑笑對我說：『別急，默狄思，船到橋頭自然直！』」

「無可救藥的樂觀主義者。」白羅自言自語地說。

默狄思表示：「他根本不把女人當回事。我本該告訴他，卡蘿琳絕望透了。」

「是卡蘿琳跟你說的嗎？」

「她沒說那麼多。可是我永遠忘不了她那天下午的臉色，白得驚人，臉拉得老長，帶著一種絕望的興奮。她不停地說笑，眼神裡卻含著我所見過最令人心碎的痛苦和憂傷，而她又是那麼的溫柔。」

白羅無言地盯著默狄思一兩分鐘，眼前這個人，完全不像在描述一個翌日對丈夫下毒手的女人。

默狄思繼續說著，初見面時的猜忌與敵意早已一掃而空。白羅是個天生的聽眾，對於默狄思這種人來說，回憶過去是相當興奮的事，此時的他，倒像在和自己說話，而不是對著客人發言。

「我覺得我早該察覺到，把話題引到……引到我的業餘嗜好上去的，就是卡蘿琳。我真的對製藥非常著迷，古老的英國草藥是門非常有意思的學問，很多曾經入藥的植物，現在藥典上再也找不到了。簡單的藥汁就能產生不可思議的療效，實在太令人驚奇了，很多時候根本不需要醫生。法國人懂得這些，他們有些偏方是一流的。」默狄思已經完全離題了，他滔滔不絕地談著自己的業餘愛好。「拿蒲公英茶為例吧，這東西妙極了。還有，一定劑量的薔薇果——有一天我在某處讀到，醫療界又開始用它了。真的，我得承認，我從製藥中得到無窮的樂趣，依時令採藥、晾曬、浸泡等等，有時我還變得很迷信哩，例如按古法在滿月時採草根等。我記得，那天我為客人專門講了一下有斑毒芹，這種植物兩年開花一次，得在果實將熟未熟之際採收。要知道，毒芹鹼這味藥已經被淘汰了，我相信新的藥典不會記載，但我證實毒芹鹼在治療咳嗽及哮喘方面很有效，因為——」

「這些你在實驗室裡都講了？」

「對，我帶他們參觀，解釋各種藥品。講到纈草以及它對貓隻的吸引力，那種草只要聞上一下，就夠受的了！接著大家問起致命的茄科植物，我談到顛茄和顛茄鹼，他們都很感興趣。」

「他們？都有誰呢？」

默狄思有點吃驚，似乎忘了他這個聽眾對當時那一幕沒有第一手資料。

「噢，所有人哪。我想想看，菲利普在，還有阿瑪斯，當然卡蘿琳也在，還有安吉拉和艾莎．葛里爾。」

「沒有別人了嗎？」

「啊，應該沒有了吧。對，沒錯。」布萊克好奇地看著他。「還會有誰呢？」

「我想也許那位女家庭——」

「哦，我懂了。不，那天下午她不在。我把她的名字給忘了。她人不錯，非常負責。我覺得安吉拉讓她非常擔心。」

「為什麼？」

「啊，安吉拉是個好孩子，但有點野，老愛找麻煩。有一天她把一隻鼻涕蟲之類的東西放到阿瑪斯背上去，當時他正專心的畫畫。阿瑪斯大為光火，把她罵得狗血淋頭，就是從那之後，阿瑪斯才堅持要送安吉拉去寄宿學校的。」

「送她去寄宿學校？」

「是啊。阿瑪斯不是不喜歡安吉拉，但他覺得這孩子有時候太頑皮了。我覺得，我常覺得——」

「覺得什麼？」

「阿瑪斯有點嫉妒她。你知道，卡蘿琳簡直像是安吉拉的奴隸。也許從某種程度上講，她把安吉拉看得更重，所以阿瑪斯不高興。這也是有原因的，原因我不想多說——」

白羅打斷他說：「因為卡蘿琳一直為安吉拉的傷殘感到自責，是嗎？」

默狄思感慨地說：「你已經知道了？我本來不想說的。不過沒錯，我想原因在此。她老覺得做什麼都無法彌補，事實就是如此。」

白羅若有所思地點點頭。他問：「那安吉拉呢？她是否怨恨這位同母異父的姐姐？」

「噢，不，別往那方面想。安吉拉太愛卡蘿琳了，我敢打包票她從來沒想過要恨她，只是卡蘿琳無法原諒自己。」

「安吉拉高興地接受去寄宿學校的安排嗎？」

「不，她才不呢。她對阿瑪斯大發雷霆，卡蘿琳站在她這邊，但阿瑪斯主意已定。阿瑪斯儘管脾氣暴躁，但通常還滿隨和的，不過他真要拗起來，誰都得讓步。卡蘿琳和安吉拉兩個只好乖乖服從。」

「她要去上學了——什麼時候去呢？」

「秋季，我記得他們正在幫她準備行裝。我猜，若非發生那場悲劇，安吉拉不久就該動身了。案發當天上午，大家還在討論幫她打點行李的事呢。」

「那位家教呢？」白羅問道。

「家教——你的意思是？」

「她對這件事有什麼看法？這下她不是要失業了嗎？」

「哦，對，從某種意義上來說是的。小卡拉以前會跟著她上點課，但她才多大——六歲左右吧。小卡拉有個保母，他們不會為了小卡拉而續聘威廉斯小姐的。對了，她叫威廉斯。真有意思，說著說著，有些事就記起來了。」

「的確如此。現在你是不是又回到過去了？人們的談話和手勢，又一幕幕出現在你眼前，而且還看見了他們臉上的表情？」

默狄思慢吞吞地說：「好像……是的，但還是有些出入。要知道，我有很大一部分都記不清了。比如說，我記得我剛得知阿瑪斯打算離開卡蘿琳時，非常震驚——但我記不清是阿瑪斯還是艾莎告訴我的。我清楚的記得我跟艾莎吵這件事——拚命勸她說這是不道德的，她卻只是冷冷地笑了笑，罵我保守。啊，我是有點守舊，但我至今仍覺得我是對的。阿瑪斯已有家室，他應該守在他們身邊。」

「可是，艾莎覺得這個想法太過時了？」

「是的。別忘了，十六年前那時候，離婚可不像現在那麼理所當然，可是艾莎很新潮，她覺得與其兩個人在一起痛苦，還不如分開。她說阿瑪斯和卡蘿琳吵個不停，分開對孩子比較好，不該讓她在衝突中長大。」

「你不覺得她的話有道理嗎？」

默狄思慢條斯理的答道：「我當時覺得她並不清楚自己在說什麼，只是胡亂套些書上看來或從朋友口中聽來的東西，和鸚鵡學舌一樣。她其實也滿可悲——這麼說有點奇怪，她那麼年輕，又那麼自信。」他稍作停頓。「白羅先生，青春這種東西，有時……有時會令人感到震撼。」

白羅饒有興趣地看著他說：「我明白你的意思……」

布萊克繼續說著，更像是在和自己而不是和白羅說話。

「我想我怪阿瑪斯，這也是部分原因。他幾乎比那女孩大二十歲，這太不公平了。」

「是啊，忠言往往逆耳，一個人若已打定主意做一件事，想要讓他回心轉意是很不容易的。」白羅輕聲回答說。

「說得好。」默狄思的語氣有些憤憤然。「我干涉又有什麼用？我的話從來就不具有說服力。」

白羅飛快瞥了他一眼。他聽得出來，這句酸澀的話語中，透露出一個易感的人對自己不具性格魅力深感哀怨。默狄思說的話一點都沒錯，他確實不像那種能勸服或說動別人的人。他的善意忠言常被當成耳邊風——雖然不致逆耳到惹人生氣，但總是被當成馬耳東風。默狄思的話不具分量，本質上，他是個沒有影響力的人。

白羅顯然想轉移這個難堪的話題，他說：「你的實驗室和那些藥品都還在嗎？」

「不在了。」回答得斬釘截鐵，默狄思痛苦得脹紅了臉說，「我全都扔了，扔掉了。那件事發生後，我沒有辦法再玩了。怎麼可能還有心情去玩呢？這整件事說起來可以都算是我的錯。」

「不，不能這樣說，你太敏感了。」

「可是你還不明白嗎？要是我沒有蒐集那些致命的藥草，要是那天下午我不去談它們，不大吹特吹，不讓大家去注意那些毒藥，會怎麼樣呢？可是我從沒料到，作夢都想不到……我怎能料得中呢？」

「的確是意想不到。」

「可是我繼續胡說八道，還沾沾自喜，其實根本就是個盲目、自負的傻瓜。我還偏偏指出該死的毒芹鹼，甚至傻到領大家回書房，為他們朗讀〈菲多篇〉中描寫蘇格拉底之死的段落。那段文字美極了，我一向非常喜歡，但從此以後，那段話就再也揮之不散了。」

白羅問道：「他們在裝毒芹鹼的瓶子上發現指紋？」

「發現了她的。」

「卡蘿琳．奎雷的？」

「沒錯。」

「沒有你的？」

「沒有。你知道，我沒有去碰瓶子，只是指了一下。」

「但是你以前應該碰過瓶子吧？」

「哦，那當然，但我會定期清理瓶上的灰塵——我從不讓僕人進去，案發前四、五天我才清過一遍。」

「你把門鎖起來了？」

「沒錯。」

「卡蘿琳什麼時候取走瓶中的毒芹鹼？」

默狄思猶豫了一陣說：「她是最後一個離開實驗室的。我記得我還喊了她，她匆匆忙忙跑出來，雙頰微紅，斗大的眼睛露著興奮的神色。噢，天哪，我現在還能看見她的樣子。」

白羅問道：「那天下午，你和她說過話了嗎？我的意思是，有沒有談起她和丈夫之間的問題？」

默狄思低聲緩緩地說：「沒有直接提到。我說過，她看上去非常心煩。我們倆碰在一起的時候我問她：『親愛的，有什麼事不對嗎？』她答說：『每件事都不對……』但願你能聽到她的語氣有多絕望，那句話說得一點都不假。沒辦法的，阿瑪斯是卡蘿琳的一切。她說：『一切都完了，結束了。我完了，默狄思。』接著她仰頭長笑轉向別人，態度突然有種誇張的興奮與不自然。」

白羅緩緩點頭。他說：「是啊，我明白了，是這樣的……」

默狄思突然朝桌子一捶，提高嗓門，用近乎咆哮的聲音說：「我告訴你，白羅先生，卡蘿琳在審訊時承認自己拿了毒芹鹼，我發誓她說的是實話！但她當時並沒有殺人的念頭，我發誓她沒有，那是後來才想到的。」

「你肯定她是後來才想到的嗎？」

默狄思大吃一驚，問道：「對不起，我沒聽懂——」

白羅答道：「我要問的是，你是否確信她後來真的動了殺機？你相信卡蘿琳是蓄意殺人的嗎？」

默狄思的呼吸變得急促，他問：「但如果不是，如果不是……你是說，是意外嗎？」

「未必是。」

「那不是太奇怪了嗎？」

「是嗎？你剛說卡蘿琳很溫柔，溫柔的人會殺人嗎？」

「她是很溫柔——可是，你知道，他們也吵得很兇哪。」

「吵架時就不那麼溫柔了？」

「但她真的很溫柔呀，噢，這些事太難解釋了。」

「我會試著了解。」

「卡蘿琳嘴很快，講起話來也不饒人。她也許會說：『我恨你，恨不得你死掉。』但這並不表示……不表示她會採取行動。」

「那你的意思是，殺人完全不符合奎雷夫人的性格？」

「你說話的方式真怪啊，白羅先生，我只能這麼說——是的，我覺得與她的個性不符。我只能這樣解釋，她是被逼到絕路上了。她愛她先生，在那種情況下，女人也許……也許也會殺人。」

白羅點點頭說：「是的，我同意……」

「一開始我嚇呆了，覺得不可能是真的。實際上也不是真的——希望你明白我在說什麼——我的意思是，真正的卡蘿琳不可能這麼做的。」

「但你很肯定——從法律的角度來講，人是卡蘿琳殺的？」

默狄思再次瞪著他。

「先生，如果她沒有——」

「對，如果她沒有呢？」

「我想不出別的解釋。會是意外嗎？當然不可能。」

「可能性是很小，我必須承認。」

「我也不相信阿瑪斯是自殺的。這種說法當然有人提出來，但任何認識阿瑪斯的人都不會相信。」

「沒錯。」

「那還有其他解釋嗎？」默狄思問。

白羅平靜地說：「還有一種可能，就是阿瑪斯是被別人殺害的。」

「太荒謬了！」

「你覺得很荒謬嗎？」

「當然了。誰會想殺他？誰又會去殺他呢？」

「你應該比我清楚。」

「但是，你該不會真的認為——」

「也許不會，但我向來喜歡考量各種可能性。仔細想想吧，跟我說說你是怎麼看的。」

默狄思瞪著他看了一兩分鐘，然後垂下雙眼。又過了一兩分鐘後，他搖頭說道：「我想不出還有別的可能，我倒是希望有。若有任何理由可以懷疑別人，我真的願意相信卡蘿琳是無辜的，我不希望是她下手的。最初我也不信，但還會有誰呢？當時還有誰在場？菲利普嗎？他是奎雷最好的朋友。艾莎？太荒謬了。我自己？我看起來像殺人犯嗎？是那位令人敬重的家庭教師？還是那幾個忠實的老僕？也許你覺得那孩子安吉拉也有可能？不，白羅先生，沒有別的可能了。除了阿瑪斯的妻子外，沒有人會殺他，但這是他逼出來的。而且，我覺得從某種意義上來說，他也算得上是自殺。」

「你的意思是，他雖不是自裁，卻是咎由自取？」

「是啊，也許這只是我自己亂想的，但是有因必有果。」

白羅問：「默狄思先生，你有沒有想過，研究被害人本身，或許就能找出殺人的動機了？」

「我沒有真的——哦，我想我明白你的意思了。」

白羅表示：「除非你徹底了解被害人的性格，否則無法真正釐清案情。」他補充說道：「我想了解的就是這個。你和令弟都給了我不少幫助，使我對阿瑪斯有了新的認識。」

默狄思沒理會這句話的重點，因為其中幾個字引起了他的注意。他連忙問道：「你是指菲利普嗎？」

「是的。」

「你也和他談過啦？」

「當然。」

默狄思立刻說：「你應該先到我這裡來。」

白羅淡淡一笑，微微行禮。

「我知道應該要長幼有序，」他說，「我考慮過你是長子。但你有沒有想過，令弟就住在倫敦附近，先去拜訪他，對我比較方便一些。」

默狄思仍深鎖眉眼，他不安地咬咬嘴，重複道：「你應該先到我這裡來。」

這次，白羅沒有答腔。他在等著。

默狄思繼續說道：「菲利普有些偏見。」

「是嗎？」

「事實上，他偏見極深，他向來如此。」默狄思不安地瞥了白羅一眼。「他一定拚命跟你說卡蘿琳的壞話，對吧？」

「那很要緊嗎？都過了這麼多年了。」

默狄思長嘆一聲。

「我知道。我都忘了已經過那麼久……一切都過去了，卡蘿琳不會再受到任何傷害，但我還是不希望你得到錯誤的印象。」

「你認為令弟也許會給我錯誤的印象？」

「坦白說，是的。這該怎麼說呢？他和卡蘿琳之間一直處於敵對狀態。」

「為什麼？」

這問題似乎惹惱了默狄思，他說：「為什麼？我怎麼會知道為什麼？反正就是這樣。菲利普一逮到機會就跟她唱反調。我覺得阿瑪斯娶卡蘿琳時，他很不高興，差不多有一年時間都不肯去他們那裡。我想大概是因為阿瑪斯是他最好的朋友吧！他覺得任何女人都配不上阿瑪斯，也許他覺得卡蘿琳會毀了他們之間的友誼。」

「有嗎？」

「不，當然沒有。阿瑪斯自始至終都很喜歡菲利普，常笑他嗜錢如命，公司愈搞愈大，是個法利賽人。菲利普不在乎，只是笑笑，說阿瑪斯有個有權有勢的朋友是件好事。」

「你弟弟對艾莎．葛里爾的事有什麼反應？」

「你知道嗎，我覺得很難說，他的態度非常曖昧。看到阿瑪斯被那女孩耍得團團轉時，我想他大概很惱火吧。菲利普不止一次提到，他們兩個不會有好結果，阿瑪斯將來一定會後悔。同時我還感覺……對，我清楚地感到，菲利普看到卡蘿琳難過時，有點幸災樂禍。」

白羅的眉毛豎了起來。他說：「他真的幸災樂禍嗎？」

「噢，別誤會。我至多只能說他心底暗自竊喜而已，我不知道他是否意識到自己有這種感覺。菲利普和我很不一樣，但你也知道，我們畢竟血脈相連，兄弟之間常會知道對方在想什麼。」

「悲劇發生之後呢？」

默狄思搖頭嘆息，臉上掠過一陣痛苦的抽搐。他說：「可憐的菲利普，他痛苦極了，簡直心都碎了。他一向敬佩阿瑪斯，把他當英雄般崇拜。阿瑪斯和我同年，小我們兩歲的菲利普，向來崇拜阿瑪斯。他受的打擊太大了，他對……他恨極了卡蘿琳。」

「那麼，他對這件事沒有其他揣測囉？」

默狄思答道：「我們沒有任何人有……」

一片靜寂。接著默狄思難過的表示：「事情都過去了，遺忘了……現在你又來這兒，掀開過往……」

「不是我，是卡蘿琳．奎雷。」

默狄思瞪大眼睛看著他。「卡蘿琳？你是什麼意思？」

白羅盯著他說：「小卡蘿琳．奎雷。」

默狄思的臉色緩和下來。

「呵，是那個孩子，小卡拉。我……我一時會錯意了。」

「你以為我指的是原來的那個卡蘿琳．奎雷啊？你以為她——怎麼說呢——她死不瞑目？」

默狄思打了個寒噤。

「別說了。」

「你知道她寫給女兒的遺囑中說，她是無辜的。」

默狄思盯著他，用充滿懷疑的語氣問道：「卡蘿琳這麼寫的？」

「是的。」白羅頓一下又說：「你覺得很驚訝嗎？」

「你要是在法庭上見到她才會驚訝呢。可憐的卡蘿琳，被攻擊得體無完膚，卻連一絲反駁的意思都沒有。」

「她是個失敗主義者嗎？」

「不，她才不是。我猜，她是自知殺了心愛的人——至少我是這麼想的。」

「你現在不那麼肯定了吧？」

「她臨死前，還鄭重地寫了這些——」

白羅表示：「說不定只是個善意的謊言。」

「也許吧。」但默狄思有些懷疑。「但那不像……像卡蘿琳的作風……」

白羅點點頭。卡蘿琳的女兒卡拉也說過這樣的話，卡拉有的只是童年的印象，但默狄思非常了解卡蘿琳。白羅第一次證實卡拉的想法是可信的。

默狄思抬頭看他，接著緩緩說道：「假如，假如卡蘿琳是無辜的——天哪，這整件事簡直太瘋狂了！我看不出——看不出有別的可能……」他猛然扭頭對白羅說：「你呢？你有什麼看法？」

一片沉寂。最後白羅說：「我什麼看法也沒有，我只是在蒐集一些印象而已，看看卡蘿琳．奎雷是怎樣的一個人，阿瑪斯是什麼樣貌，而當時在場人士又都如何，那兩天到底發生了什麼事。我需要的是實情，然後再逐一反覆思索這些事實。你弟弟會幫我，他會把記得的一切寫下來寄給我。」

默狄思急忙說：「你別以為你能從中得到多大幫助，菲利普是個大忙人，事情一過去他就全忘了，說不定他都記錯了。」

「當然會有些出入，這點我也想到了。」

「這麼辦吧——」默狄思戛然止住，接著微紅著臉，繼續說道：「要是你願意的話，我……我也可以這麼做。我的意思是，供你對照參考，好嗎？」

白羅親切地說：「那真是太棒了，這點子太好了！」

「那好，我說到做到，我還有些以前的日記。我可告訴你喔，」他笨拙地說，「我文筆不好，連字都會拼錯。你……你不會期望太多吧？」

「啊，我不是要看你的文筆，只是看看你還記得什麼，像是每個人說了什麼、神色如何，總之是發生過的一切。即使事情看來毫不相干也無所謂，有助於營造氣氛就好。」

「噢，我明白了。若從未見過一個人或到過一個地方，你當然很難詳實地去勾勒它們的面貌。」

白羅點點頭。

「我還有一件事想請問你。奧德堡就在你的莊園的隔壁，對吧？我能不能去那裡走一趟，讓我親眼看看悲劇現場？」

默狄思緩緩說：「我現在就可以帶你去，但是那裡變很多了。」

「沒有重建吧？」

「謝天謝地，沒有，還不至於那麼糟。但是現在被某個公司買走，變成旅館了。一到夏天，年輕人便一批又一批的住在那兒，所有房間當然也都被隔成小小的斗室，整個設計變了很多。」

「那麼只得勞駕你幫我解說囉。」

「我盡力就是。要是你以前見過就好了，那是我所知最可愛的莊園之一。」

默狄思帶路從落地窗出去，沿草坡向下走。

「是誰把奧德堡賣掉的？」

「是遺囑執行者幫孩子賣掉的，小卡拉繼承了阿瑪斯一切財產，阿瑪斯沒有立過遺囑，我想財產自然會分給他的妻子和孩子。卡蘿琳的遺囑也把她的一切都留給孩子。」

「沒留什麼給她的同母異父妹妹嗎？」

「安吉拉自己的父親已留給她不少錢了。」

白羅點點頭說：「原來如此。」接著他叫道：「你要帶我去哪裡？前面就是海邊了！」

「哦，我得解釋一下這邊的地形，待會兒你就明白了。你看，這條溪叫駱駝溪，是內陸河，看起來很像河口，但事實上不是，只是海而已。沿陸路去奧德堡，得先走到內陸，然後再繞過小溪。但是，從莊園去奧德堡最近的路線，是划船渡過這道窄小的河段，奧德堡就在正對面了——喏，看到樹林後的房子沒？」

兩人來到一小片海灘上，正對面是鬱鬱蔥蔥的海岬，林梢枝枒間，隱現著一棟白色房子。海灘上停著兩艘小船，白羅笨手笨腳地幫著默狄思把一條船拖到水面上，不久便划到對岸了。

「從前我們一向走這條水路，」默狄思解釋道，「當然，風雨天的時候，我們就開車過去。不過要是繞路的話，差不多有三英里遠。」

他把船輕輕划到對岸的石造碼頭邊，同時不屑地瞥著幾棟小木屋和一些水泥台階。

「這都是新建的，以前這裡是船屋，很破舊了。其他什麼也沒有，可以沿沙灘散步，在那邊石堆旁游泳。」

他扶客人下了船，把船拴好，然後帶著他走上一條陡峭的路。

「別以為我們會碰到任何人，」他回頭說道，「這邊四月份不會有人的——復活節例外。就算碰到人也沒關係，我和鄰居關係不錯。今天陽光真燦爛，好像夏天哪。那天天氣也很好，不像九月，倒像是七月天；陽光晴和，只是風有點冷。」

小路穿出林子，環繞在一片裸露的石頭周圍。默狄思用手指著說：「那就是他們所說的砲兵園了，我們大概在它底下。繞過去吧。」

他們又鑽進樹林，沿另一條小路走到一座高牆的門旁邊。小路繼續向前蜿蜒伸展，默狄思拉開門，兩人走了進去。

乍然從林蔭間走到陽光下，白羅只覺眼花。砲兵園是一片人工開闢出來的草地，雉堞牆上點綴著大炮，給人的感覺像是懸在大海上。花園上方、後面都有植樹，但臨海一面則光禿禿的，只有下方一片令人眩目的碧藍海水。

「景致不錯吧。」默狄思說道，輕蔑地瞥了一眼後牆上的亭子。「以前沒有的，只有一個破木棚，阿瑪斯把畫具、瓶裝啤酒和幾把躺椅放在棚裡，而且棚子也不是水泥做的。從前還有一條長椅和一張桌子，是鐵的，上了油漆，就這樣。不過，這裡的改變不大。」他的聲音聽來有些顫抖。

白羅說：「這就是案發地點嗎？」

默狄思點點頭。

「長椅以前在那兒，靠著棚子。阿瑪斯攤在上面，他作畫時，偶爾也會躺在椅子上——衝過去躺下來，眼睛死盯著看，然後又突然跳起來，開始瘋狂地在畫布上塗抹。」

他停頓一下。

「所以，他死時才會看來如此正常自然，好像是睡著了，剛打一個盹而已。但他的眼睛卻睜著……他……已經僵硬了。你知道，像是麻痺掉了，沒有任何痛苦……我常常為此慶幸……」

白羅故意問起一件他早已知道的事。

「是誰發現的？」

「是她，卡蘿琳，在午飯後發現的。我想，我和艾莎是最後看見他還活著的人，藥效一定是那時候就發作了。他……看上去很怪。我不想談這個，我會寫給你看，用寫的比較容易。」

默狄思突然轉身走出砲兵園，白羅默默尾隨在後。兩人走在蜿蜒的小路上，比砲兵園更高一點的地方是另外一小片草坡，樹木掩映間，可看到一條長椅和一張桌子。

默狄思說道：「這裡沒做過什麼更動，但長椅以前不是這種材質，是漆過的鐵，坐上去有點硬，但看起來很美。」

白羅表示同意。他從樹叢間望過去，視線可以越過砲兵園俯瞰河口。

「那天上午我在這兒坐了一陣子。」默狄思解釋道，「那時樹林沒有這麼茂密，很容易看見下面砲兵園的雉堞牆。你知道，艾莎就在那兒擺姿勢，扭著頭坐在牆上。」

他的雙肩有點發抖。

「沒想到樹長得那麼快。」他喃喃地說，「哦，對了，可能是我老了。咱們上去看看房子吧。」

他們繼續沿路走到房子前，那是一棟漂亮的喬治式舊建築，曾擴建過，附近一片綠地上設了約莫五十個供泳客用的小屋。

「男生睡在那邊，女生睡房子裡。」默狄思解釋說，「我覺得這裡沒什麼值得看的，所有房間都做了隔間。以前這裡還闢過一個溫室，他們在這兒建了一個涼亭。唉，那些人一定喜歡在這兒度假吧，不可能一切都保持原樣，挺可惜的。」默狄思突然轉過身。「我們走另一條路吧。往事全浮上我心頭了，我覺得到處都是鬼魂哪。」

他們走另一條更蜿蜒的長路回到碼頭，兩人都沉默不語，白羅十分體恤默狄思的心情。返回漢十字莊園時，默狄思突然說了：「你知道嗎，我買下了那幅畫。就是阿瑪斯死前正在畫的那幅。我無法忍受它被賣掉，給別人指指點點，讓一大群壞心眼的渾蛋對著它說三道四。那是一幅傑作，阿瑪斯說是他最好的作品，我不在乎他說的是否屬實。畫已幾近完成了，他只想再潤飾一兩天。你……你願意去看看嗎？」

白羅連忙答道：「願意，非常願意。」

默狄思帶他穿過大廳，從口袋裡掏出一把鑰匙。他打開一扇門，兩人走進一間中等大小、滿是灰塵、關得密密實實的屋子。默狄思走近窗口，拉開木栓，然後費力推開窗子，一股清新的氣息飄然而入。

默狄思說：「好多了。」

他站在窗前吸著新鮮空氣，白羅也走過去。這屋子以前是做什麼用的，顯然不必多問。架子上空空盪盪，但曾擺放瓶子的地方還留著痕跡，一邊牆上放著棄置不用的醫療器皿和一個洗滌槽，屋裡蒙著一層厚厚的灰塵。

默狄思望著窗外說：「往事歷歷如昨啊！記得那天我站在這裡，聞見窗外飄來的茉莉花香……我口若懸河的說呀說，像個傻瓜一樣，一個勁地講著我的寶貝藥水和蒸餾法！」

白羅不經意地把手伸出窗外，折下一枝茉莉。

默狄思大踏步跨過地板，牆上是一幅覆著擋塵布的畫作，他將布一掀。

白羅屏住呼吸。迄今為止，他已看過阿瑪斯・奎雷的四幅作品了：兩幅在泰德美術館，一幅在倫敦的一個商人家，還有那幅靜物畫——玫瑰。但此時他看到的是藝術家自認為最好的傑作，白羅立即了解到，阿瑪斯是一位多麼出類拔萃的藝術家。

這幅畫表面十分光滑，乍看像幅海報，對比十分鮮明。一個女孩，一個穿著淺黃色襯衫和深藍長褲的女孩，坐在灰色的牆上，頭頂是璀璨的陽光，背後是蔚藍的大海。就是那種廣告畫上常出現的題材。

然而第一印象並不確實；畫的線條其實有些扭曲——光線之動人、之清晰、之令人驚豔，而那女孩——

是的，這就是生命力。畫中處處可見洋溢的青春與飽滿的生命力，那張臉孔，那雙眼睛……

如此富含著活力！如此激越的青春！這，就是當時阿瑪斯眼裡的艾莎．葛里爾，就是她使他無視溫柔的妻子。艾莎就是生命，就是青春。

她體態出眾，苗條，直率，傲慢，頭偏向一邊，眼裡閃爍著勝利的光芒，看著你，盯著你，像在等待著什麼……

白羅攤開兩手說：「了不起……真的，真是了不起……」

默狄思的聲音很怪。「她是那麼的年輕——」

白羅點點頭，默默想著：「一般人說這話的時候，指的是什麼意思？『那麼的年輕』。是指某種純真、動人而無助的特質吧？然而青春不是那樣的！青春是原始、強烈、充滿力量的，是的，而且赤裸殘酷！更有甚之，青春是脆弱的。」

白羅隨著主人來到門口，他的興趣很快轉到他的下一位受訪者艾莎．葛里爾身上。歲月在那個狂傲而放蕩不羈的勝利者身上，又會留下什麼樣的烙印呢？

白羅回頭再看那幅畫。

那雙眼眸，不停的注視他，注視著他，似乎在告訴他什麼……

假若他無法解讀那對眸子，那麼，真實的艾莎．葛里爾能告訴他嗎？或者說，那對眼眸所透露的，連真實的艾莎也不明白？

那傲慢而胸有成竹的期待啊！

然而接著死神降臨了，硬生生將獵物從那雙緊抓不放、年輕急切的手掌中奪走……於是，熱情而期待的眼神頓時黯然無光。現在的艾莎．葛里爾會有什麼樣的眼神？

白羅離開房間前，又看了最後一眼。

他心想，這個艾莎也太有活力了。

他覺得，有點，恐怖……

08 這隻小豬吃烤牛

位於布魯克街的巨宅窗台上種著達爾文鬱金香，客廳裡有一大瓶白丁香花，對著敞開的大門送出陣陣幽香。

管家是個中年人，他為白羅摘下帽子，接過手杖，然後由一名男僕取走。管家畢恭畢敬地輕聲說道：「先生，請隨我來。」

白羅跟著他穿過客廳，下了三級台階。一扇門打開了，管家抑揚頓挫地通報出客人的姓名。

接著白羅身後的門關上了，一名瘦高的男子從壁爐邊的椅上站起身朝他走來。

戴蒂罕爵士年近四十，非僅出身貴族，還是位詩人。他有兩部耗資千萬的夢幻詩劇搬上了舞台，而且大獲成功。他的前額十分突出，下巴上翹，但眼睛和嘴巴卻十分漂亮。他說：

「請坐，白羅先生。」

白羅依言坐下，接過主人遞來的香菸。戴蒂罕爵士蓋上菸盒，劃了根火柴讓白羅自行將菸湊上去，然後自己也坐下來，若有所思地打量著這位訪客。

他表示：「我知道你是來找內人的。」

白羅答道：「戴蒂罕夫人肯見我，真是太好了。」

「是啊。」

沉默了一陣子，白羅猶豫的問道。

「你不會反對吧，戴蒂罕爵士？」

爵士瘦削而夢幻的面容突然綻出一朵微笑。

「白羅先生，這年頭是不會有人在乎丈夫反不反對的。」

「那麼你是不贊成囉？」

「不，也不能那麼說。但我得承認，我還是有點擔心內人會受到影響。我坦白說吧，多年前內人還年輕時，受過很多折磨，但願她已擺脫當年的陰影了。我相信內人已淡忘那樁慘案了，而如今你又出現，你的問題勢必會喚醒她舊日的回憶。」

「真是太抱歉了。」白羅客氣地答道。

「我擔心會有什麼樣的後果。」

「戴蒂罕爵士，我只能向你保證，我會盡可能小心，盡量不讓戴蒂罕夫人難過。我想她一定很脆弱，很容易受到刺激。」

話才說完，對方突然放聲大笑，爵士說：「艾莎嗎？她強硬得像牛一樣！」

「那——」白羅知趣地停了下來，只覺一頭霧水。

戴蒂罕爵士說：「我妻子什麼都嚇不倒。不知道你清不清楚她為什麼要見你？」

白羅平靜地回答說：「是好奇嗎？」

爵士欣賞地看著他。

「啊，你想到啦？」

白羅答道：「這是難免的，女人通常會很想見見私家偵探；至於男人嘛，則會叫我們滾開！」

「有些女人也可能叫你滾蛋喔。」

「那是在見過私家偵探之後——不是之前。」

「也許吧。」戴蒂罕爵士頓了一下。「寫這本書的意旨是什麼？」

白羅聳聳肩。

「有人重唱老歌，有人老劇新編，也有人重寫過去的謀殺案。」

「哼！」戴蒂罕爵士說。

「你可以嗤之以鼻，可是無法改變人類的本性。謀殺案就像是一場戲，人類是很愛看戲的。」

戴蒂罕爵士低聲說：「我懂，我懂……」

白羅說：「你明白了吧，這書是一定會寫的。我要做的是，確保內容沒有言過其實或扭曲太多。」

「我還以為事實已是眾所周知呢。」

「是的，但對事實的闡釋則不然。」

戴蒂罕連忙問道：「這話怎麼說，白羅先生？」

「親愛的戴蒂罕爵士，看待問題的方式很多，歷史事件便是一例，拿你們的蘇格蘭女王瑪麗為例吧，很多著作均以她為主角，將她寫成殉道者、放蕩不羈的淫婦，或頭腦簡單的聖徒、殺人凶手、陰謀家，還有人把她寫成歷史環境和命運捉弄的犧牲品！誰都可以有自己的詮釋。」

「而在這個案件中呢？阿瑪斯遭到妻子殺害，這一點當然是無庸置疑的。但就我看來，內人在法庭上卻受到了不公平的待遇，後來不得不請人偷偷護送她出去，輿論也對她大肆抨擊。」

「英格蘭人的道德標準很嚴格。」白羅說。

戴蒂罕爵士答道：「讓他們都去死吧！」他看著白羅，又加上一句：「那你呢？」

「我？」白羅答道，「我在生活中恪守著道德規範，不過，那和滿嘴仁義道德是兩碼子的事。」

戴蒂罕爵士說：「我常想，這位奎雷夫人究竟是個什麼樣的人。我覺得她擺出那副受盡欺凌的樣子，背後一定大有文章。」

「也許尊夫人知道。」白羅對他的話表示贊成。

「內人啊，」戴蒂罕爵士答道，「從來沒有提起這個案件。」

白羅看著他，愈來愈覺興趣了。他說：「啊，我開始明白——」

對方打斷他說：「你明白什麼了？」

白羅鞠躬答道：「明白詩人特有的想像創意……」

戴蒂罕爵士站起身按鈴，他突然說：「我妻子在等你。」

門開了。

「老爺，您叫我？」

「帶白羅先生去見夫人。」

兩段樓梯上去後，地上就是柔軟的絨毛地毯和柔和的燈光。錢、錢、錢，到處都是錢堆砌出來的東西，但格調卻不怎麼高雅。戴蒂罕爵士的房間陰暗嚴肅，而這兒，卻極盡奢華之能事，一切裝潢都是最昂貴的，卻未必是最耀眼或最令人驚豔的，充其量只是「不惜血本」而已，但十分缺乏想像。

白羅自言自語地說：「烤牛肉？對，烤牛肉！」

白羅被領進一間中等大小的房間，大客廳在二樓，這間是女主人的客廳。當白羅被報上姓名並領進來時，女主人正靠著壁爐台站著。

他腦中突然閃出一句話，那話在他心頭盤桓不去。

「她年紀輕輕就死了……」

當他注視著閨名艾莎．葛里爾的戴蒂罕夫人時，心中就是這麼想的。

白羅全然看不出她就是默狄思指給他看的畫中少女。畫中的少女渾身洋溢著青春和活力，但眼前的女子並沒有——也許她從未嘗過青春的滋味。然而白羅發現艾莎十分漂亮，這點他倒沒從阿瑪斯的畫上看出來。

是的，上前迎接他的這名女子非常明豔動人，而且毫不顯老。她有多大年紀了？要是悲劇發生時她二十歲的話，現在也不會超過三十六。她優美的頭型上盤著烏黑的秀髮，容貌傾國，妝色無可挑剔。

白羅莫名的一震。也許老喬納森先生搞錯了，說什麼茱麗葉……這裡哪有什麼茱麗葉？除非茱麗葉沒死，沒隨著羅密歐共赴黃泉……茱麗葉的計畫中，最重要的一環不就是年輕早逝嗎？

艾莎．葛里爾卻留下來獨活了……

艾莎用平穩而不帶感情的語調說：「我對你很感興趣，白羅先生。坐下來告訴我，你想要我做什麼吧？」

白羅心想，她才不感興趣哩，任何事都無法引起她的興趣。她那對灰色的大眼睛，像兩潭死水。

白羅又擺出一副外國老土的樣子，大嘆道：「我實在很為難，夫人，真的很為難。」

「哦，不會吧，怎麼說？」

「因為我知道，重提當年的事，一定會令你十分痛苦！」

艾莎一副很樂的樣子，沒錯，她真的很樂，假不了的。她答道：「我想是外子讓你這麼以為的吧？你來的時候先見過他了，當然，他一點也不懂，他從來都沒懂過。我根本不是他想像中那種喜歡傷春悲秋的人。」從聲音裡聽得出，艾莎還覺得很好笑。她說：「你知道，我父親早年在磨坊工作，他白手起家，卓然自成，如果沒有一點韌性，那是辦不到的，我也一樣。」

白羅心想：是啊，一點也沒錯。臉皮薄的人也不會死賴在卡蘿琳·奎雷家裡了。

戴蒂罕夫人問：「你希望我做什麼？」

「夫人，你確定回憶過去不會使你痛苦嗎？」

她思索了一會兒，白羅突然覺得戴蒂罕夫人很坦率。也許她會出於必要而說謊，但絕對不會故意撒謊。

戴蒂罕夫人緩緩地說：「不，不會的。怎麼說呢……我倒希望會。」

「為什麼？」

她不耐煩地說：「我從來沒有產生任何感覺，簡直乏味……」

白羅心想，是的，艾莎·葛里爾確實死了……

他大聲說：「戴蒂罕夫人，這樣的話，事情就好辦多了。」

她開心地問：「你想知道什麼？」

「你記性好嗎，夫人？」

「我想應該不錯。」

「你確信回憶那些天的細節不會令你痛苦？」

「根本不會，只有事發時讓人痛苦而已。」

「我知道有些人是會難過的。」

戴蒂罕夫人回答說：「我先生愛德華就是無法了解這點，他覺得審案的過程對我來說是一大折磨。」

「難道不是嗎？」

艾莎說：「不，我玩得挺開心。」語氣似乎有些自滿，她繼續說道：「天哪，狄里奇那個老頭竟然對我窮追猛打，簡直就是個惡魔。我喜歡和他辯論，他沒能贏我。」艾莎微笑地看了白羅一眼。「但願我沒有破壞你的幻想。一個二十歲的女孩應該不知所措，應該羞愧不已才是。但當時我沒有，我不在乎別人怎麼說我。我只要求一件事。」

「什麼事？」

「當然是把她送上斷頭台囉。」艾莎．戴蒂罕表示。

白羅的視線落在艾莎的雙手上。那是一雙十分美麗但指甲尖長的手，是那種掠奪者會有的手。

她問：「你覺得我報復心強是嗎？我的報復心確實很重，我想報復任何一個傷害我的人。我覺得那女人十分可鄙，她知道阿瑪斯喜歡我、要拋棄她，於是就將他殺了，好讓我得不到他。」

她憤憤地看著白羅。

「你不覺得這樣做太過分了嗎？」

「你無法體恤或同情她嗎？」

「不，我沒辦法。輸了就是輸了，要是你留不住丈夫，就大大方方地讓他走吧。我無法了解她的占有欲。」

「你要是嫁給他，也許就會理解了吧。」

「我不這麼認為。我們不是——」她突然對白羅一笑。

白羅覺得那笑容有點叫人害怕，似乎不含半點真情。

「我想跟你說清楚，」她說，「別以為阿瑪斯勾引了純真的良家少女。根本不是那回事！我們兩個之間，該負責的是我。我在一次晚會上遇見他，對他一見傾心，我知道我必須得到他——」

真是一種拙劣的表演，詭異而拙劣的表演——

> 我就會把我的整個命運交托給你，把你當作我的主人，跟隨你到海角天涯……[3]

「儘管他已有妻室？」

「想控告我破壞他人的家庭哪？別那麼古板了，要是他和他老婆在一起不快樂，跟我在一起卻十分幸福，那麼何樂而不為？生命只有一次啊！」

「可是據說他和老婆的關係不錯。」

艾莎搖著頭說：「不，他們簡直水火不容。她成天在煩阿瑪斯，她是個——天哪，那女人真可怕！」

她站起身點菸，然後微笑著說：「也許我對她的看法有欠公允，但是我的確覺得她很可惡。」

白羅慢吞吞地說：「那是一場可怕的悲劇。」

「是的，是一場可怕的悲劇。」艾莎突然轉向白羅，原本疲倦而死氣沉沉的臉上，竟然散放出一絲活力。「這場悲劇扼殺了我，你懂嗎？它殺了我。從那以後，什麼都不存在了——了無一物。」她聲音一沉。「一片空虛！」她不耐煩地揮揮手。「就像玻璃箱中的標本魚！」

「阿瑪斯・奎雷對你來說有那麼重要嗎？」

她點點頭。這是種奇怪的招認方式，卻令人心生憐憫。

「我自認個性爽直，」她沉吟道，「我真覺得我應該和茱麗葉一樣，用刀子讓自己了斷，可是，那麼做就等於承認自己被打敗、讓生活擊垮了。」

「所以呢？」

「一旦挺過去，應該就能恢復以往了吧。我確實挺過來了，那件事對我再也不具意義，我認為我可以踏出下一步。」

是的，下一步。白羅看出她為了實現那個抉擇，付出多大的努力；看出美麗富裕、令男人傾倒的她，貪婪的抓取，以填補她空虛的生命。她先是出於英雄崇拜嫁給著名的飛行員，接著又嫁給魁梧的探險家阿諾德・史蒂文森——此君也許與阿瑪斯・奎雷神似，有如阿瑪斯再世。

艾莎表示：「我從不虛偽！我向來喜歡一句西班牙諺語：『上帝說，要什麼，取什麼，並付出代價。』啊，我就是這樣，想要什麼就去拿，而且我一向樂意付出代價。」

白羅答道：「你不懂的是，有些東西是買不到的。」

艾莎瞪著他說：「我指的不僅是錢而已。」

白羅說：「是啊，是啊，我明白你的意思。但生活中不是每樣東西都能販售，有些東西

3　此段譯文出自《莎士比亞全集・八》，朱生豪譯，頁三九。

是不能賣的。」

「胡說八道！」

他淡淡一笑。艾莎的語氣中有著暴發戶的傲慢。

白羅突然感到悲憫，他看著那張光滑而毫不顯老的臉蛋，以及那雙疲倦的雙眼，想起了阿瑪斯．奎雷畫中的那名女孩……

艾莎說道：「談談這本書吧，寫書的目的是什麼？誰的主意？」

「噢！親愛的夫人，還能有什麼目的？還不就是炒炒冷飯，以娛大眾嘛。」

「但是書不是由你來寫吧？」

「不是，我是犯罪專家。」

「你是說，他們請你當犯罪書籍的顧問？」

「也不全是。這次我是受人之託。」

「受誰之託？」

「我──怎麼說呢，我代表委託人幫這本書把關。」

「誰？」

「卡拉．洛曼荃小姐。」

「她是誰？」

「是阿瑪斯和卡蘿琳．奎雷夫婦的女兒。」

艾莎盯著白羅好一會兒，然後說道：「噢，是了，是有個孩子。我記起來了，她應該長大成人了吧？」

「是的，二十一歲了。」

「長什麼樣子？」

「高個子，黑頭髮，還挺漂亮。而且她很有勇氣，很有個性。」

艾莎若有所思地說：「我想見見她。」

「她也許不樂意見你。」

艾莎有些吃驚。

「為什麼？哦，我明白了。但是這太荒唐了吧！她不可能還記得什麼，當時她最多不過六歲。」

「她知道自己的母親曾因為父親被殺而受到審判。」

「那麼她認為是我的錯囉。」

「很可能。」

艾莎聳聳肩說：「太蠢了！要是卡蘿琳肯講點理——」

「你這麼說，是覺得自己完全沒有責任？」

「我有什麼責任？我沒什麼好羞恥的，我本可以給阿瑪斯帶來幸福的。」艾莎看著白羅，她的「面具」碎了——突然間，白羅不可思議的看見了畫上的女孩。她說：「要是我能讓你明白，要是你能從我的角度去看就好了。要是你知道——」

白羅的身子向前傾了傾。

「我想做的就是這一點。你知道，當時在場的菲利普．布萊克先生打算把發生的一切詳細記錄下來給我看。默狄思．布萊克先生也有此打算。現在要是你——」

艾莎．戴蒂罕深深吸了一口氣，不屑地說：「那兩個傢伙！菲利普蠢透了。默狄思老是跟在卡蘿琳屁股後邊轉——不過他滿可愛的。從他們的記述中，你不會找到什麼真正有用的東西。」

白羅注視著艾莎，看見活力點燃了她的雙眼，看見原先那個死氣沉沉的女人漸漸恢復了生氣。她急切地厲聲說道：「你想知道真相嗎？噢，不許你出版，只是提供你參考——」

「沒有你的許可，我怎麼能出版呢？」

「我願意把事實真相寫下來……」她靜靜想了一兩分鐘。白羅看見她僵硬的臉頰上顯現出年輕的輪廓，生命之潮湧上來，猶如昨日重現。「回憶往事，全部寫下來……讓你看看她是什麼樣的——」艾莎的眼睛一閃，胸脯急劇地起伏。「她殺了他，她殺了阿瑪斯，殺了想活下去、想好好活著的阿瑪斯。仇恨不應掩蓋過愛，但她的仇恨卻比愛還要強烈。我對她的仇恨也是，我恨她，我恨她，恨她……」

艾莎向白羅走過來，彎身拉住他的衣袖，急切地說：「你得明白——你必須明白我們之間的感情。我說的是阿瑪斯和我。我給你看一樣東西。」

她一陣風似的跑到屋子的另一側，打開一張小桌子的鎖，拉開藏在文件格裡的抽屜。艾沙轉身回來，手裡拿著一封皺巴巴的信，墨水已經褪色了。她把信遞到白羅手上，白羅猛然憶起自己曾經認識的一個孩子，那孩子把一件心愛的寶貝塞進他手裡，那是她在海邊拾獲、萬般珍惜的一個貝殼。那個孩子就像這樣，站在一旁注視著他。看著他接住自己的寶貝，她是那麼自豪而怯生生，卻又急於知道他的評價。

白羅打開褪色的信箋。

艾莎，可愛的孩子！你的美貌無人能及，而我只怕是太老了。我已屆中年，脾氣暴戾且性格反覆。別信任我，別相信我，除了工作，我沒有一絲優點。我最好的那一部分全都投入在工作上了。好了，千萬別說沒有人警告過你。

天啊，我親愛的，我還是想要你。為了你我寧願下地獄。我要為你畫一幅畫，讓這個傲慢的世界驚愕、喘息！我愛你愛得發狂——我無法成眠，食欲盡失。艾莎，艾莎，艾莎，我永遠屬於你——屬於你，直到地老天荒。

阿瑪斯

十六年前的事了，褪色的墨水，一碰即碎的信箋。而那些文字仍然令人撼動……

白羅凝視著這封信的收件人。

然而他看見的不再只是一名女子而已。

他看到了一位沉浸在愛河中的女孩。

白羅又想起了茱麗葉……

09 那隻小豬餓肚皮

「我能問你原因嗎，白羅先生？」

白羅考慮著該怎樣回答這個問題。他意識到那張皺巴巴的小臉上，一雙非常機敏的灰眼正密切地注視著自己。

他剛剛爬上這幢沒有任何裝飾的建築物頂樓，敲響吉斯比樓五百八十四號的大門，這種小公寓是專門蓋給勞工婦女住的。

這間方正的斗室，就是西莉亞·威廉斯小姐的棲身之處。房間既是她的寢室、客廳，同時也兼作餐廳，屋裡的小煤氣爐更說明這裡兼具廚房的功能。此外，屋裡還有一間小浴室。

儘管簡陋，威廉斯小姐卻竭力將房間布置出自己的品味。

四壁刷成灰白色，上面掛著幾幅複製名畫。其中一幅是但丁在橋上與比阿特麗斯相會，曾有個小孩形容那幅畫是「一個瞎眼小女生坐在橘子上，不知道為什麼叫作〈希望〉。」還有兩幅威尼斯的水彩風景畫，以及一張義大利畫家波堤切利的複製品。抽屜式的矮桌上放著大批褪色照片，從照片上的人物裝束和髮型來看，大部分是二、三十年前拍的。

地毯早已磨破，劣質的家具也老舊不堪。白羅很清楚西莉亞・威廉斯一貧如洗。這裡可沒有烤牛肉，這是那隻餓肚皮的小豬。

威廉斯小姐堅持又問了一遍，她聲音清晰，直指重點。

「你希望我寫一份關於奎雷案件的回憶描述！能告訴我為什麼嗎？」

白羅的一些朋友和同事一向認為，白羅常喜歡聽信謊言，而無視於真相。他會捨棄單純的真相不用，不辭勞苦地仔細推論那些錯誤的陳述，以得到自己所要的結論。碰到這種時候，他的朋友和同事常會按捺不住。

不過白羅這次很快便做出決定。白羅不是那種從小被英國家庭教師帶大的歐洲男孩，但他的反應與那些小男生被老師問到「今天早上刷牙了嗎，海洛德（或里查、安東尼等）」的時候一樣，腦子會飛快地想著要不要撒謊，然後旋即放棄，苦著臉乖乖答道：「沒有，威廉斯小姐。」

因為威廉斯小姐具備所有好老師的神祕特質——威嚴！當威廉斯小姐說：「去洗洗手，瓊」或「我希望你讀一下伊麗莎白時代的詩人這一章，要能夠回答我的問題喔」，孩子總會照做。威廉斯小姐從未想過，會有人不聽她的話。

於是這一回，白羅不再瞎掰編寫犯罪著作的事了，反而是簡要的說明卡拉・洛曼荃請他出面的事。

這位瘦小的老太太側耳傾聽，她衣衫破舊，卻十分整潔。

威廉斯小姐說道：「我很想知道那孩子的消息，很想看看她變成什麼樣子。」

「她是位非常可愛、有魅力的年輕女子，相當有勇氣，也很有自己的想法。」

「很好。」威廉斯小姐簡潔地回答。

「而且她是那種十分堅持的人，你很難拒絕或搪塞她。」

威廉斯小姐若有所思地點點頭。她問道：「她有藝術氣質嗎？」

「我不覺得。」

威廉斯小姐冷冷地說：「謝天謝地！」

她對阿瑪斯的觀點在這句話裡表露無遺。

她又補充說：「照你這麼說，我想她比較像她母親，而不是父親囉。」

「很有可能。等你見過她，就可以告訴我了。你想見她嗎？」

「是很想見見。能看到以前熟稔的孩子現在的模樣，總是叫人高興的。」

「我想，你最後一次見到她時，她還很小吧？」

「五歲半而已，很可愛的孩子——也許有點太靜了，總是一個人玩，不邀別人。她很自然，沒被寵壞。」

白羅說：「幸虧她還小。」

「是啊，的確如此。要是再大一點，這場悲劇一定會對她造成很壞的影響。」

「不管怎麼說，」白羅表示，「哪怕孩子再不懂事，或受大人隱瞞，他們還是會覺得有什麼不對勁，因為周遭總會圍繞著神祕的氣氛，人們會有意迴避或突然搬離家鄉。這些對孩子都不太好。」

威廉斯小姐凝重地回答說：「也許沒有你想像的那麼嚴重。」

白羅表示：「我們暫且不提卡拉．洛曼荃，也就是從前的小卡拉．奎雷。不過，我想問你一件事。我想這件事只有你能解釋。」

「什麼事？」

她的語氣探詢而曖昧。

白羅揮揮手，努力想說清楚。

「有件事──有一點細微之處我弄不懂。每次我提到那孩子，大家似乎都不太在意，每次我提到她，得到的反應都令我有點詫異，好像和我講話的人早就忘了孩子的存在。夫人，這不是很不自然嗎？在這種情況下，孩子是非常重要的，倒不是她本身多麼了不起，但她是維繫家庭的核心。也許阿瑪斯．奎雷有拋棄妻子的理由──卻沒有道理拋棄孩子啊。一般婚姻破裂時，孩子往往成為焦點，然而在這個案子裡，孩子似乎無足輕重，我覺得好像……很奇怪。」

威廉斯小姐很快地說：「你剛提到了一個重點，白羅先生。你說得對，所以我剛剛才會說，把卡拉帶到別的地方，也許反而對她更好，因為她若是再大一點，也許就會感受到家庭生活中的某些缺憾了。」她的身子向前傾了傾，字字斟酌的慢慢說道：「由於工作關係，我自然會看到許多親子問題。許多孩子，應該說是大部分的孩子，苦於得到父母過多的關愛。太膩愛孩子、處處監控孩子的父母，會讓孩子感到不安，從而想獲取自由，想逃脫父母的監視。獨生子女尤其如此，而母親常是他們最大的自由障礙。這類父母的婚姻通常不幸福，做先生的討厭處於次要地位，於是便在別處尋求安慰，遲早離婚收場。我深信，對孩子最好的方式，就是父母雙方給予孩子『適度的忽略』。一個子女眾多或經濟拮据的家庭，很自然地就會忽略孩子，因為母親根本沒空陪孩子。孩子很清楚母親愛他們，也對母親的愛感到安心自在。

「但是還有另一種情況。有的夫妻過於沉浸在兩人世界裡，以至於婚姻的結晶——孩子，對任何一方而言，都顯得不真實。在這種情形下，孩子會漸生反感，覺得受到了欺騙與冷落。你明白我說的絕不是『忽視』吧，打個比方說，奎雷夫人稱得上是好媽媽，總是為卡拉的利益與健康設想，她適時地陪她玩，而且總是愉悅而可親。然而除此之外，奎雷夫人一心一意都在丈夫身上，可以說，她只為他掛心，也只為他而活。」威廉斯小姐稍作停頓，繼而輕輕地說：「我覺得，這也就是最後夫人為什麼要那麼做的理由。」

白羅表示：「你的意思是，他們兩人更像是一對情侶，而不像夫妻？」

威廉斯小姐皺皺眉，似乎不太喜歡這種說法。

「你當然可以這麼說啦。」

「他也像她一樣全心愛她嗎？」

「他們倆情投意合。但是，他畢竟是個男人。」

威廉斯小姐努力地想把話說得優雅些。

「男人——」威廉斯小姐欲言又止。

她說起「男人」，就像一個富裕的資本家提到「布爾什維克」，或一名忠誠的共產主義者說起「資產階級」，更像一名家庭主婦說到「蟑螂」一樣。

威廉斯小姐畢生未嫁，靠當家教度日維生，有著強烈而偏執的女權主義觀點；聽過她說話的人都不會懷疑，男人就是她的天敵！

白羅說：「你不是對男人有偏見吧？」

她冷冷地答道：「男人占盡天地間的優勢，我希望不會永遠這樣。」

白羅沉思著看了威廉斯小姐一眼，輕易就看穿她是如何堅決的將男人排拒在外。白羅不再泛泛地談論男人，只是針對他們要談的那位。

白羅問：「你不喜歡阿瑪斯．奎雷？」

「我當然不喜歡奎雷先生了，也從不贊成他的行為。我要是他妻子，早就離開他了。有些事是任何女人都無法忍受的。」

「但奎雷夫人忍住了，是嗎？」

「是的。」

「你覺得她這麼做不對嗎？」

「是的。一個女人應該有自尊，不該委屈自己。」

「你對奎雷夫人說過這類的話嗎？」

「當然沒有。這話輪不到我說，我的任務是教育安吉拉，而不是自告奮勇地給奎雷夫人提建議。這樣做未免太冒失了。」

「你喜歡奎雷夫人？」

「我非常喜歡奎雷夫人。」她直刺刺的聲音突然變得溫柔起來，飽含著深情與溫暖。

「非常喜歡，也為她感到難過。」

「那你的學生安吉拉．沃倫呢？」

「她是個很有趣的女孩，是我教過的學生中最有意思的一位。她可真聰明哪，雖然不太受管教，脾氣急，我常常不知如何教她，但她卻是個很不錯的孩子。」她稍作停頓後繼續說道：「我一直希望這孩子有朝一日能出人頭地。她真的做到了！你讀過她的書嗎？寫撒哈拉的？她還在法尤姆[4]挖掘那些很有意思的古墓哩！是的，我為安吉拉感到驕傲，我在奧

4　法尤姆（Fayum），位於埃及中北部，是埃及最古老的城市。

德堡的時間並不長，約兩年半，但我一直深信自己對她的思想啟蒙，以及在考古學的興趣引發上，有些幫助。」

白羅輕聲說：「我聽說，他們打算送她上學繼續接受教育，想必你並不喜歡那個決定吧。」

「一點都不會呀，白羅先生，我完全贊成這種做法。」

她停了一會兒說：「我跟你解釋清楚吧。安吉拉是個可愛的女孩，真的很可愛，熱情而衝動，但也很難調教。也就是說，她處在一個很麻煩的年紀。女孩子在成長過程中，總有一段時間對自己沒有把握——就是處在小孩跟成人之間，不上不下的時候。一分鐘前還成熟懂事，像個大人一樣，一分鐘後卻又撒起野來，搞惡作劇，亂發脾氣。你也知道，女孩子在這個年紀都覺得很難自處，而且敏感得不得了。跟她們說什麼她們就頂什麼，討厭被當成小孩；但若當她們是大人呢，她們又突然害羞起來。安吉拉就處於這種狀態。她會亂發脾氣，突然討厭你逼迫她而大發雷霆，接著又一連好幾天鬱鬱寡歡，皺著眉頭坐在那裡；然後又開始撒野，爬樹啦、和園子裡的男孩子到處亂跑啦，根本沒人管得了她。」

威廉斯小姐停頓一下說：「學校教育對這個階段的女孩很有幫助，她需要的是其他人的刺激、大團體的約束，有助於她成為一個理智的社會成員。安吉拉的家庭環境還達不到這種理想標準，一方面奎雷夫人老慣著她，安吉拉只要向奎雷夫人求援，姐姐就會向著她了。到最後，安吉拉總認為，姐姐先把時間、心神花在她身上是理所當然的，因此也經常與奎雷先生發生摩擦。奎雷先生當然也覺得他應該擺在第一順位——也一直努力爭取。他的確很喜歡安吉拉，他們是好朋友，常在一塊兒嘻嘻哈哈地拌嘴，但有時奎雷先生很討厭奎雷夫人老護著她。像所有的男人一樣，他是個被寵壞的孩子，期待每個人都寵他。於是他們倆常常就真的吵起來了，而奎雷夫人十之八九會站在安吉拉一邊，於是奎雷先生怒不可遏。

另一方面來說，要是夫人支援奎雷先生，安吉拉也會怒髮衝冠。此時安吉拉往往故技重施，像孩子一樣跟他惡作劇。奎雷先生喝東西有一飲而盡的習慣。有一次安吉拉在他酒裡放了一大把鹽，奎雷先生喝完後吐個不停，氣得連話都說不出來。而真正的導火線是安吉拉在他床上放鼻涕蟲的那一次，奎雷先生極怕鼻涕蟲，他氣炸了，決定非把這丫頭送進學校不可。安吉拉難過極了——其實她自己也提過一兩次想去上寄宿學校——但她故意裝出難過的樣子。奎雷夫人不想讓她去，但還是聽從勸告，決定讓安吉拉上學——我想主要是因為聽了我的勸說。我向她指出，上學對安吉拉極有裨益，她一定會大有長進。於是大家決定秋季讓她去上南部海岸的名校赫爾斯頓。然而整個假期間，奎雷夫人仍然悶悶不樂。安吉拉只要一想起來，就故意和奎雷先生吵鬧，其實也不是特別嚴重，卻給那年夏天發生的其他事情埋下了一股暗流。」

白羅問：「你指的是艾莎・葛里爾的事？」

威廉斯小姐簡潔地說：「完全正確。」說完抿緊嘴巴。

「你對艾莎・葛里爾有什麼看法？」

「我對那個無法無天的年輕女人根本沒有看法。」

「她當時年紀還很小呢。」

「但也大到可以分辨是非了，我覺得她根本沒有理由，完全沒有。」

「她愛上他了，我想——」

威廉斯小姐冷笑著打斷了白羅的話。

「她的確是愛上他了。白羅先生，可是我想，不論我們個人懷抱有什麼樣的感情，都應該好好控制一下，而且我們當然也可以控制自己的行為。那個女孩完全沒有道德意識可言，全然不在意奎雷先生是個有婦之夫。真是不要臉，既殘忍又固執，可能從小沒受過什麼管教吧——這是我能替她找到的唯一理由。」

「奎雷的死一定十分令她震驚吧？」

「哦，是的，但她只能怪自己。我不認為殺人是可以原諒的，不過白羅先生，卡蘿琳·奎雷已被逼到崩潰的邊緣了。坦白告訴你吧，有時連我都忍不住想動手殺了那對姦夫淫婦。奎雷先生當著妻子的面和那女孩打情罵俏，任那女孩對卡蘿琳擺高姿態——她真的是很傲慢哪，白羅先生。阿瑪斯·奎雷確實罪該萬死，任何像他那樣對待妻子的人都該受到懲治，他的死完全是報應。」

白羅說：「你深信……」

瘦小的威廉斯小姐用堅強不屈的灰眼睛盯著他說：「我堅信婚姻關係的價值，除非婚姻制度受到尊重與支持，否則一個國家將墮落崩毀。奎雷夫人是位盡心而忠誠的妻子，她的丈夫卻故意忽視她的存在，公然把情婦帶回家裡。我說過，他是罪有應得。是他在她的傷口上灑鹽，所以她那麼做，我覺得情有可原。」

白羅緩緩說道：「他實在太惡劣了，這點我承認。可是別忘了，他可是一位偉大的藝術家呀。」

威廉斯小姐狠狠地嗤之以鼻。

「是呀，我知道。現在的人老拿這當藉口，藝術家！哼，拿藝術當作放浪、酗酒、吵架以及背叛的藉口！奎雷先生究竟算哪門子藝術家？他說了什麼，做了什麼？他的畫也許能流行幾年，但絕不會傳世久遠。怎麼說呢，他甚至連畫都不會畫呢！他的透視糟透了，連解剖學也錯誤橫生。白羅先生，我對繪畫也是略知一二的，我年輕時，在佛羅倫斯學過畫，對任何懂得欣賞大師作品的人來說，奎雷先生的塗鴉之作真是可笑至極。他只是在畫布上胡亂灑些顏料，沒有結構，也沒有細實的筆觸。不，」她搖著頭說，「休想逼我去欣賞他的作品。」

「他有兩幅作品收在泰德美術館呢。」白羅提醒她說。

威廉斯小姐哼了一聲。

「可能吧。有時候拙劣的作品也混得進去。」

白羅知道威廉斯小姐已經無心多談，便不再提藝術了。他問：「奎雷夫人發現屍體時，你和她在一起嗎？」

「是的，午飯後她和我一起從屋子裡出來。安吉拉游完泳後把上衣忘在海灘或船上了，她總是丟三落四。我和奎雷夫人在砲兵園門口分手，可是她立刻就把我叫回去。我相信當時奎雷先生已經死了一個多小時，他四肢伸開癱倒在離畫架不遠的長椅上。」

「她是不是非常驚駭？」

「你這是什麼意思，白羅先生？」

「我在問你當時的印象。」

「噢，我明白了。是的，她的神情似乎有點恍惚，她要我回去打電話叫醫生，畢竟我們當時無法肯定他死了——也許只是僵直地昏厥過去而已。」

「夫人有提到這種可能嗎？」

「我記不清了。」

「所以你就去打電話了？」

威廉斯小姐很乾脆地回答道：「我走到半途碰見了默狄思・布萊克先生。我把任務交給他，便折回去看奎雷夫人了。我擔心她會暈倒——這種事男人可應付不來。」

「她暈倒了嗎？」

威廉斯小姐冷冷地說：「奎雷夫人頗為自持，她可不像葛里爾小姐那樣，歇斯底里又無理取鬧。」

「怎樣無理取鬧？」

「她想打奎雷夫人。」

「你的意思是，她覺得奎雷夫人該為奎雷先生的死負責？」

威廉斯小姐思索片刻說：「不，她其實並不確定，還沒有人懷疑奎雷先生是被毒死的，葛里爾小姐只是叫道：『是你幹的，卡蘿琳。你殺了他，都是你的錯。』她並沒有真的說出『是你毒死了他。』但我覺得她一定就是這麼想的。」

「那奎雷夫人怎麼反應呢？」

威廉斯小姐不安的挪動身子。

「我們非得那麼善體人意嗎，白羅先生？我無法告訴你奎雷夫人當時是怎麼想或有什麼感覺。到底是對自己的作為感到驚恐——」

「她看上去像嗎？」

「不，不，我不能說她害怕，只是驚呆了——沒錯。而且，我覺得，她嚇壞了。對，我敢肯定，她是嚇壞了，但這很自然。」

白羅不甚滿意地說：「對，也許很自然……她在法庭上，對丈夫的死做何解釋？」

「自殺。一開始她就很明確地說，她先生一定是自殺。」

「私底下她也是這麼跟你說的嗎，或者，她還提出過別的可能？」

「沒有。她……她痛苦萬分地要我相信，奎雷先生一定是自殺。」

威廉斯小姐有些尷尬。

「那你怎麼對她說呢？」

「白羅先生，我說什麼重要嗎？」

「是的，我覺得很重要。」

「我不明白為什麼——」

然而白羅沉默的期待似乎對她起了催眠作用，威廉斯小姐不甚情願地說：「我好像說：『當然，奎雷夫人，先生一定是自殺的。』」

「你相信自己說的話嗎？」

威廉斯小姐抬起頭堅決地說：「不，我不信。但是請你想一想，白羅先生，我全是為了幫夫人呀，我在乎的人是她，而不是警方。」

「你希望她能獲判無罪？」

威廉斯小姐執著地說：「是的。」

白羅問道：「這麼說來，你也很在乎她女兒的感受囉？」

「我十分同情卡拉。」

「我若請你幫我寫一份悲劇發生經過的描述，你會反對嗎？」

「是給小卡拉看的嗎？」

「是的。」

威廉斯小姐緩緩答道：「不，我不反對。卡拉決心弄清真相，是嗎？」

「是的。我認為不讓她知道真相會更好——」

威廉斯小姐打斷他的話：「不。面對現實才是更好的，篡改事實以求逃避是沒用的，卡拉知道此事時已大為震驚——現在她想弄清悲劇的來龍去脈，在我看來，這才是勇敢的年輕人該有的態度。等卡拉明瞭一切後，就會將它忘卻，繼續過自己的生活了。」

「也許你說得對。」白羅答道。

「我確信自己是對的。」

「但是，問題不僅於此，卡拉不僅想了解真相，還想證明她的母親無罪。」

威廉斯小姐嘆道：「可憐的孩子。」

「你這麼認為嗎？」

威廉斯小姐回答說：「現在我明白為什麼你認為她不知道事實會比較好了。不過，這樣做還是最好的。她自然希望母親無罪。然而事實儘管殘酷，據你所說的看來，我覺得卡拉會勇敢地去了解真相，不會躲避。」

「你確信那就是真相嗎？」

「我不太明白你的意思。」

「你覺得，卡蘿琳不可能是無辜的嗎？」

「我覺得從來沒有人認真考慮過那種可能。」

「她自己堅稱奎雷是自殺的？」

威廉斯小姐漠然地說：「那可憐的女人總得說點什麼吧。」

「你知道奎雷夫人臨終前給女兒留下一封遺書，信中鄭重宣告自己是無辜的。」

威廉斯小姐驚愕地看著他。

「她這麼做就太不對了。」她冷靜地說。

「你這麼認為？」

「對。噢，我敢說，你和大多數男人一樣，都很濫情——」

白羅憤憤地打斷她的話：「我並不濫情。」

「但是有濫情的傾向。為什麼在臨終前這麼莊嚴的時刻要寫下這樣的謊言？想減輕孩子的痛苦嗎？是的，許多女人會這麼做。但我萬萬沒想到奎雷夫人也會這樣。她是個勇敢而誠實的女人。我倒認為，勸女兒別妄下批判，還比較像她的作風。」

白羅有些惱怒，他問：「你都不願意考慮一下卡蘿琳・奎雷寫的也許是實情？」

「當然不是！」

「而你仍聲稱你很喜歡她？」

「我是喜歡她，我非常愛她，並且深切地同情她。」

「那——」

威廉斯小姐用一種古怪的眼神看著白羅。

「你不明白，白羅先生。反正我現在說這些也沒關係，都過那麼久了。要知道，我碰巧知道卡蘿琳．奎雷有罪！」

「什麼？」

「真的。當時我隱瞞了事實，我不知道這麼做是對是錯——但我確實隱瞞了。不過我敢保證，千真萬確，我知道卡蘿琳．奎雷有罪……」

10 還有一隻小豬嗷嗷叫

安吉拉．沃倫的公寓俯瞰著雷根公園。在這個春日裡，一陣和風從敞開的窗戶飄進來，若不是樓下不斷傳來討厭的車囂，人們真會疑心自己置身於鄉間。

門開了，白羅從窗口轉過身來，安吉拉．沃倫走進屋子裡。

白羅不是第一次見到她，他找機會去皇家地理協會聽過她的演講，白羅覺得她講得好極了，只是對一般人而言，也許枯燥了些。沃倫小姐口才便給流暢，毫無頓措猶疑，也無囉嗦贅述。她的語調清晰而富有韻律，不會刻意去迎合浪漫刺激的聽眾口味，演講中很少帶著感情色彩，只是精練的陳述事實，輔以精采的幻燈片做貼切的闡釋，並依事實做絕妙的演繹。她的演講乾脆利落、準確清楚、平實且非常具有學術價值。

白羅聽得心悅誠服，覺得安吉拉的思路相當清晰。

近看安吉拉．沃倫，白羅發現她本可以出落得相當標緻。她五官端正，雖然有些嚴肅，但黑色的彎眉、清澈的褐色眼眸閃著智慧的光芒，皮膚白皙可人。她肩膀頗寬，走起路來有點男子氣。

她身上全然看不出一絲自嘆自憐，然而安吉拉的右臉頰上，嵌著那道發皺變形的舊疤，右眼因此有些歪斜，眼角向下垂去。不過沒有人會發現，她的右眼其實已經瞎了。白羅幾乎認定，安吉拉殘疾已久，她似乎已經完全不在意自身的殘相了。他突然想到，此次調查的五個人中，一開始最占優勢者，卻未必是最成功幸福的人。艾莎可說自始便占盡一切優勢，她年輕、漂亮而富有，結果卻活得最慘淡，像朵受盡風霜侵襲的可憐花蕊，還在含苞待放中，卻已了無生命。威廉斯小姐的外在條件並無可炫之處，然而在白羅眼中，她毫不消沉，也沒有挫敗感。威廉斯小姐覺得自己的生活很充實，對人對事還具有濃厚的興趣。她具有維多利亞式的嚴謹態度與道德標準，那是他們這一代人所欠缺的。她在生命的旅途中完成了自己的使命，因而贏得了上帝的歡心，她堅信自己最終將得到上帝的召喚，因此她可以抵禦各種攻訐、嫉妒、不滿、悔恨。她擁有各種回憶，在拮据的經濟條件下，保有自己小小的快樂及充沛的健康和體力，讓自己活出趣味。

至於安吉拉．沃倫，這名殘障破相的年輕女孩，白羅在她身上看見了一個不屈不撓、為自信而奮戰的堅強靈魂。原本桀驁不馴的小女孩，蛻變成一位充滿生命活力的女子，擁有驚人的智慧及實踐自己遠大目標的豐沛能量。白羅相信，她是個既幸福又成功的女人，有著圓滿充實而愉悅的生活。

不過，她並不是白羅很喜歡的那種女人。雖然欣賞她清晰的思維，白羅卻覺得此姝周身散放著男人婆的味道，白羅還是喜歡那種衣著入時、精心打扮的嫵媚女性。

和安吉拉．沃倫談話，很容易就切入他來訪的目的了。白羅不需使什麼手腕，只是把卡拉來找他的事重述一遍。

安吉拉．沃倫臉上嚴肅的神情一掃而光，她高興地問道：「小卡拉？她來這兒了嗎？我真想見到她。」

「你沒和她保持聯絡嗎？」

「我應該多和她聯絡才對，可是我沒有。她去加拿大時我在上學，我覺得再過一兩年她一定會把我們給忘了。後來我們只是偶爾寄點聖誕禮物，就沒怎麼聯繫了。我原以為，她已經完全融入加拿大的生活，會一輩子待在那裡呢，那樣對她比較好。」

「你自然會這樣想了。換了名字和生活環境，過著全新的生活，確實對她比較好。可惜事情往往沒那麼簡單。」

接著他談到卡拉已訂婚、得悉當年的悲劇，以及來到英國的動機。安吉拉．沃倫靜靜聽著，一手托著半毀的臉頰，她一直不動聲色，直到白羅講完，才輕聲說道：「她做得對。」

白羅一震。這樣的反應他還是頭一次聽到。他問：「沃倫小姐，你贊成她的做法？」

「那當然。我希望她能達成心願，我會盡一切努力幫她。要知道，這件事我很過意不去，因為我自己未曾嘗試去幫卡蘿琳翻案。」

「你覺得她的觀點也許是對的？」

安吉拉．沃倫斬釘截鐵地回答：「她當然是對的。我一向知道卡蘿琳沒有殺人。」

「你真讓我大吃一驚，小姐，我拜訪過的每個人都——」

她急忙打斷他的話：「你別相信他們。本案的間接證據固然確鑿且不容置疑，但我有自己的想法，這想法是基於對我姐姐的了解。我就是知道、就是確信卡蘿琳不可能殺任何人。」

「你也可以說，任何人都不會去殺人吧？」

「未必。只要是人都會有出人意表之舉，然而卡蘿琳有她特殊的理由，而我比任何人都清楚她的理由。」她撫著半殘的面頰說，「看見了吧？很可能你已聽說了？」白羅點點頭。

「是卡蘿琳造成的，這就是為什麼我敢肯定——我會知道——她沒有殺人。」

「多數人大概不覺得這一點具備說服力吧？」

「沒錯，而且會收到反效果，事實上，他們拿這件事來證明卡蘿琳的脾氣暴烈！因為她傷害了襁褓中的我，那些律師就推判她也可能毒死不忠的丈夫。」

「至少我懂得這之間的差異。一時的暴怒，不致讓人處心積慮的偷取毒藥，等翌日才施下毒手。」白羅說。

安吉拉．沃倫不耐煩地揮揮手。

「我不是那個意思，我非跟你講明白不可。假設你是一個平日很溫和的人，你還是有可能變得非常好妒。假如你剛好處在最不懂控制自己情緒的年紀，結果暴怒下幾乎殺害別人，想想看你會有多驚懾、恐慌與自責。像卡蘿琳這樣易感的人，恐懼和悔恨將永遠烙在心底，無可磨滅。我想，我當時並未特別意識到這一點，但現在回頭一看就非常清楚。那件事一直困擾著卡蘿琳，讓她不得安寧。她的一切作為也都因此被貼上標籤。這說明了她為什麼會那樣對待我，她覺得對我再好，也都不夠。在她眼中，我永遠占第一位。她和阿瑪斯之間的爭吵，一半都是因我而引起。我總是嫉妒他，對他使出各種惡作劇。我去偷貓吃的東西，放入他的飲料中，還有一次在他床上放了一隻刺蝟。可是卡蘿琳總幫著我。」

安吉拉停頓了一下，繼續說：「當然了，那對我並不是件好事，我被寵得無法無天了。不提這些，我們談的是那件事對卡蘿琳的影響。一時衝動鑄成的大錯，使她一生不敢再犯。她時時監視自己，總擔心會有同樣的事情發生。她有自己的防範措施，其中一個辦法就是亂罵人。她覺得（我認為從心理學上來講是有道理的），要是她的語言夠激烈，就不會訴諸暴力了。經驗告訴她，這個方法有效。這就是為什麼我聽過卡蘿琳說『我要把某某人切成碎片放在油鍋裡慢慢炸』之類的話了。她還對我或阿瑪斯說過：『要是再來煩我，我就宰了你。』因此她動不動就和人大吵。我覺得，她認為暴力衝動是她的天性，於是刻意以這些方式來宣洩。她和阿瑪斯經常吵架，沒有人比他們吵得更荒謬、更可怕了。」

白羅點點頭。

「是，別人也說過他們吵得雞犬不寧。」

安吉拉．沃倫答道：「沒錯。所以證據可以是非常愚蠢而誤導人的，卡蘿琳和阿瑪斯怎麼會不吵嘛！他們當然會對彼此說些尖酸冷酷而殘忍的話呀！可是沒有人知道，他們其實以吵架為樂。真的！阿瑪斯也喜歡跟她吵，他們就是那種夫妻，兩個充滿情緒的戲劇演員。大多數男人不喜歡這樣，寧可過太平日子。可是阿瑪斯是個藝術家呀，他喜歡高歌狂笑，喜歡劍拔弩張，似乎這樣才過癮。他就是那種人，語不驚人死不休。我知道聽起來很怪，可是生活在沒完沒了的爭執與修好中，正是阿瑪斯和卡蘿琳的最大樂趣！」

她又不耐煩地打個手勢說：「要是他們當初不把我弄走，而讓我作證，我一定會把這些話告訴他們。」她聳聳肩。「不過他們一定不會聽我的，而且當時我也沒有現在想得清楚，我雖然心裡知道，卻從未仔細思考，自然也沒想過將之變成文字。」安吉拉盯著白羅。「你明白我的意思了嗎？」

白羅使勁地點頭。

「我全明白了，而且你說得對極了。有的人嫌單一的意見流於單調，他們需要分歧的看法，讓生活變得更有聲有色。」

「非常準確。」

「沃倫小姐，我能問你，當時你自己的心情如何嗎？」

安吉拉．沃倫嘆道：「我當時只感到不解與無能為力，就像經歷了一場離奇的夢魘。卡蘿琳很快就被逮捕了——我想大概是在三天後吧。記得我當時氣到說不出話來，而且天真的以為這只是一場愚蠢的誤會，一切都會沒事的。卡蘿琳最放心不下的就是我，希望我能盡速遠離這一切。她要威廉斯小姐立刻將我送到親戚家，警方沒有反對。後來，他們決定不需要我作證，便安排我赴海外就學。我當然極不願離去，但他們向我解釋，卡蘿琳一心掛念我，我唯一能夠幫她的，就是離開。」稍停片刻後，她接著說：「於是我到了慕尼黑，那時，判決下來了。他們從不讓我去探望卡蘿琳，說是卡蘿琳不同意我去。我覺得，那是她唯一一次不理解我的心情。」

「你不能那樣斷定，沃倫小姐。去獄中探望最親近的人，也許會讓年輕易感的女孩留下極可怕的印象。」

「可能吧。」安吉拉．沃倫起身說道，「姐姐被判處無期徒刑後，給我寫了一封信。這信我從沒給任何人看過，我覺得現在應該給你看看，也許能幫助你了解卡蘿琳的為人。要是你願意，也可以拿給卡拉看。」

她走到門口又轉身說：「請跟我來吧，我房裡有幅卡蘿琳的畫像。」

這是白羅第二次全神貫注地凝視一幅畫。

純從畫作的角度來看，卡蘿琳．奎雷的畫像只算是平庸之作。但白羅饒有興趣地看著它——吸引他的並非畫作本身的藝術價值。

畫裡的人有張鵝蛋臉，下巴輪廓十分秀氣，表情有點羞怯。這是一張對自己沒有把握且充滿感性的臉，具有一種內斂的美。畫中人缺乏她女兒臉上的那種生氣和活力——卡拉．洛曼荃的堅毅和精力，無疑承自父親——不若他們父女那般積極。然而看著畫中的容顏，白羅也明白為什麼昆汀．福格這樣想像力豐富的人會忘不了了。

安吉拉．沃倫再度站到白羅身側，手裡拿著一封信。她輕聲說：「既然你已看到她的模樣了——現在讀讀她的信吧。」

白羅小心的攤開信，讀著卡蘿琳．奎雷十六年前寫下的話。

親愛的小安吉拉：

聽到這消息時你一定會十分傷心，可是我想告訴你，這真的沒什麼。我從來沒對你撒過謊，現在我說我真的很高興，絕非欺騙你——我體悟到一種前所未知的公正與平靜。沒事的，親愛的，真的沒什麼。別回顧過去，別感到遺憾，也請別為我悲傷——好好活下去，成就自己，我知道你辦得到。真的沒什麼，親愛的，我要隨阿瑪斯去了。我堅信我們會廝守在一起，沒有他，我活不下去……為我做一件事吧，那就是，要活得快樂。我跟你說過，我很幸福。欠債總得要還的，平靜的感覺真好。

愛你的姐姐　卡蘿琳

白羅把信讀了兩遍，然後還給她。他說：「這信寫得真好，小姐。寫得非常感人，好極了。」

「卡蘿琳，本來就是個很好的人。」安吉拉．沃倫說。

「對，十分不同凡響……你覺得這封信表明了她的無辜嗎？」

「那當然！」

「可是她並沒有明確的說出來呀？」

「因為卡蘿琳知道，我絕不會認為她有罪！」

「也許，也許吧。但也可能另有他解。也許她有罪，透過贖罪能讓她得到平靜。」

白羅心想，這種說法倒是與卡蘿琳在庭上的表現不謀而合。白羅沒有比此時更對自己接下這份任務感到沒把握了，迄今為止，一切都毫無例外的指向卡蘿琳的罪狀，現在，甚至連她自己寫的話都說明了這點。

支持卡蘿琳是清白的人，只有堅信不移的安吉拉．沃倫。誠然，安吉拉十分了解卡蘿琳，但是她這麼篤定，是否出於少女時期的一廂情願，想竭力捍衛她摯愛的姐姐呢？

安吉拉．沃倫似乎讀懂他的心思，她說：「不，白羅先生，我知道卡蘿琳是無辜的。」

白羅簡潔地說：「老天憐見，我真的不願意動搖你的信念，但我們得務實點。你說令姐無罪，那好，當時究竟發生什麼事了？」

安吉拉若有所思地點點頭說：「我同意，這很難弄清楚。我覺得應該就像卡蘿琳說的，阿瑪斯是自殺的。」

「你知道阿瑪斯的性格。你覺得可能性大嗎？」

「可能性很小。」

「對這件事，你無法像對令姐的事那麼篤定吧？」

「沒辦法。我說過，人確實會做出一些不可思議的事，也就是說，會做一些不符性格的事。但我猜，要是你非常非常了解他們的話，就不會覺得與他們的性格悖離了。」

「你很了解你姐夫嗎？」

「是的，但不若對卡蘿琳了解深。在我看來，阿瑪斯會自殺是很不可思議的——但我想他有可能會這麼做。事實上，他一定是自殺的。」

「你想不出別的解釋嗎？」

安吉拉平靜地聽他說完，似乎有些動搖。

「哦，我懂你的意思了……我從沒考慮過那種可能性，你是指凶手另有他人，這件案子是預謀殺人……」

「有可能，你說呢？」

「嗯，也許吧……但看起來不太可能呀。」

「比自殺更不可能嗎？」

「很難說。表面上看來，沒有理由懷疑其他人。就算現在回想起來，也想不出……」

「不管怎麼說，我們還是來考慮一下這種可能性吧。在本案的相關人士當中，誰是最有可能的？」

「讓我想想……噢，我沒殺他；那個叫艾莎的女人自然也沒有——阿瑪斯死時，艾莎都快氣瘋了。當時還有誰在？默狄思．布萊克？他對卡蘿琳忠心耿耿，和他們家的貓一樣溫順。這也許能成為殺人動機吧，也許他希望除掉阿瑪斯，以便自己和卡蘿琳結婚。可是他只需讓阿瑪斯跟艾莎一起遠走高飛，再趁機安慰卡蘿琳不就得了？除了這個理由外，我實在看不出他有動機。他太溫和、太謹慎了。還有誰在場？」

白羅提示道：「威廉斯小姐？菲利普．布萊克？」

安吉拉嚴肅的表情鬆緩下來了，她笑道：「威廉斯小姐？誰相信家庭教師會去殺人？況且她一向那麼堅強而正直！」她頓了一會兒，然後接著說：「她對卡蘿琳非常忠誠，願為她赴湯蹈火，而且她恨阿瑪斯。威廉斯小姐是個百分之百痛恨男人的女權主義者。這些理由足夠促使她殺人嗎？當然不夠。」

「看來是不太可能。」白羅表示贊同。

安吉拉又說了：「菲利普．布萊克嘛……」她沉默片刻，然後靜靜表示：「我看，要說可能的話，就屬他最有可能了。」

白羅答道：「這我很感興趣，沃倫小姐。能告訴我為什麼嗎？」

「說不上什麼明確的理由，但就我記得的，他是一個非常缺乏想像力的人。」

「缺乏想像力會使人容易動手殺人？」

「也許會促使他們用拙劣的手法來解決難題，這類型的人能從行動中獲得滿足感。殺人是魯莽而拙劣的行動，你認為呢？」

「是的，我想你說得有理……這看法很有道理。但是，沃倫小姐，動機應該不止那樣吧，菲利普可能會有什麼動機呢？」

安吉拉沒有馬上回答，她皺著眉頭看著地板。

白羅問：「他是阿瑪斯．奎雷最好的朋友吧？」

她點點頭。

「沃倫小姐，你心裡還有一些想法沒告訴我，他們倆是情敵嗎？都喜歡上艾莎嗎？」

安吉拉搖搖頭。

「噢，不，不會是菲利普。」

「究竟怎麼了？」

安吉拉慢慢說道：「你知道，有時候一些陳年往事會突然回到你腦海裡。我慢慢跟你解釋吧。我十一歲時，有人給我講了個故事，當時我並不明白故事的含義。我也不在乎——只是任它從我腦中掠過，後來也沒再想起那故事。可是兩年前我坐在劇院裡聽歌劇時，它回到我心中了，我吃驚得大叫出聲：『哦，現在我終於明白那個故事在講什麼了。』但其實劇中的台詞和故事完全無關，只是一種感覺而已。」

「我懂你的意思了，小姐。」白羅答道。

「那你就會明白我要跟你說的話了。我曾在某旅館住過，有一次行經走道時，一間臥室的門開了，一名我熟識的女子從裡頭走出來。那並不是她的住房——而且見到我時，她的表情也說明了這一點。於是我突然明白，有一次夜裡在奧德堡，卡蘿琳從菲利普・布萊克的房間走出來被我撞見時的表情了。」她身子向前傾了傾，制止白羅說話。「當時我不明白我其實已經懂事了——女孩子到了那個年齡一般都懂——但我沒有和實際情形做聯繫。對我來說，卡蘿琳只是單純從菲利普的臥室走出來而已，就和從威廉斯小姐或我的臥室走出來沒有兩樣。但我的確注意到她臉上的表情了——那是一種我不明白，也不可能理解的奇怪表情。我跟你說過，直到那天夜裡在巴黎，我在另一個女人臉上看到同樣的表情時，才恍然大悟。」

白羅緩緩說道：「可是沃倫小姐，你告訴我的事真叫我吃驚。我對菲利普・布萊克本人的印象是，他很不喜歡令姐，而且一向如此。」

安吉拉說：「我知道。我無法解釋，但事情就是這樣。」

白羅緩緩地點點頭。早在他拜訪菲利普的時候，他就隱約覺得有些話聽起來不太真實。他對卡蘿琳的強烈恨意總有些不自然。

他又想起默狄思的話：「阿瑪斯結婚時他很難過，有一年多都不肯去他們那裡……」

難道菲利普一直愛戀著卡蘿琳嗎？當他的心上人選擇阿瑪斯時，他的愛就變成了酸澀的仇恨嗎？

對，菲利普態度太激烈、太偏激了。白羅思想到利普的模樣——一名快活的富商，坐擁高爾夫球和舒適的家。十六年前，他真正的感受是什麼？

安吉拉說話了。

「我不懂，我沒有戀愛經歷——還沒有過。我告訴你這些，是因為萬一這件事跟當時的命案有關，也許能派得上用場。」

第二部

Five Little Pigs

01 菲利普·布萊克的記述

親愛的白羅先生：

我履行了自己的諾言，寄上我對奎雷案的記述。我必須指出一點，經過這麼漫長的時間，我也許記得不那麼精確了，但求盡力便是。

真誠的　菲利普·布萊克

（九月十九日，阿瑪斯·奎雷謀殺案諸事之記錄。）

我與死者的友誼始於極早，我們兩家的莊園毗鄰而立，兩家人非常友好。阿瑪斯·奎雷比我大兩歲多一點。小時候一放假，我們就玩在一起，儘管我們並不在同一個學校上學。

憑我對此人的長期了解，我覺得自己尤具資格就他的性格和生活態度提供證詞。容我直接指明一點：對任何一位了解阿瑪斯的人而言，說阿瑪斯會去自殺簡直是無稽之談！阿瑪斯絕對不會自殺，他太熱愛生命了！審判過程中辯護律師談到，阿瑪斯因受良心譴責而服毒身亡。任何一個認識奎雷的人都會覺得這種說法可笑至極。阿瑪斯這人沒什麼良心，因此自然不會因良知而自殺，而且他與妻子關係不睦，對於捨棄這段不愉快的婚姻，他更不會有所猶豫。阿瑪斯打算負擔妻子和孩子的生活費，我相信他在這方面不會吝惜。阿瑪斯向來慷慨，且心腸好，惹人愛。他不僅是位傑出的畫家，朋友們也都對他忠心耿耿。據我所知，阿瑪斯並未與人結仇。

我認識卡蘿琳・奎雷也有許多年。她在婚前我們就認識了，當時她常待在奧德堡。卡蘿琳是個有點神經質的女子，脾氣暴躁，常大發雷霆，她很有魅力，但不易相處。

她幾乎立刻就愛上了阿瑪斯，至於阿瑪斯，我倒不覺得他真的很愛她，但他們還是經常在一起。我說過，卡蘿琳很有魅力，最後他們兩人訂婚了。阿瑪斯的至交好友都不看好這樁婚姻，因為他們覺得卡蘿琳根本配不上他。

於是，頭兩年卡蘿琳與他的朋友關係十分緊張，但阿瑪斯很講義氣，他絕不會奉老婆之命而放棄老友。幾年後，他和我重歸於好，我又成了奧德堡的常客。另外，我還成了他們的女兒小卡拉的教父。我想，這說明阿瑪斯把我當成他最要好的朋友，也給了我替死者申辯的資格。

回歸你要我寫的正題吧。我在案發前五天到奧德堡（這是從舊日記中查到的），也就是九月十三日。我立刻發覺氣氛不對，當時做客的還有艾莎・葛里爾小姐，阿瑪斯正用她當模特兒作畫。

那是我第一次見到葛里爾小姐，但以前對她早有耳聞。一個月前，阿瑪斯就一直跟我提這號人物，說他遇見一位妙齡女郎。看他談得熱情洋溢，我還虧他幾句：「當心點，朋友，要不然你又會給沖昏頭了。」他告訴我別傻了。他在替那女孩畫畫，對她個人沒什麼興趣。我回答說：「騙誰呀！這種話我以前也聽過。」他說：「這次不一樣。」我諷刺回去說：「哪回不都一樣！」於是阿瑪斯焦躁不安起來，他說：「你不懂。人家還是個女孩，比孩子大不了多少。」他還說艾莎的思潮很前衛，完全擺脫了舊式的偏狹。他稱讚道：「她誠實、自然，而且完全無所懼！」

我嘴上沒說，心裡卻想，阿瑪斯這下慘了。幾週後，我聽到了風言風語，說「那姓葛里爾的丫頭真是個狐狸精」。有人說阿瑪斯簡直昏了頭，也不想想那女孩才多大，還有人笑說艾莎．葛里爾也不是省油的燈，聽說女方家財萬貫，一向予取予求，而且「主導整件事的人是她」。談到奎雷夫人做何感想時，有人語重心長地表示說，她現在應該早已習慣了吧，有人則抗議說，聽說她是個超級大醋罈，令阿瑪斯難以消受，換誰都會被逼到外面去偷腥。

列舉上述種種，是因為我覺得，充分了解當時狀況十分重要。

見到那女孩，我覺得挺有意思的，她相當漂亮，且極富魅力。我得承認，看到卡蘿琳為情所苦，我確實感到幸災樂禍。

阿瑪斯則不若往日輕鬆，不了解他的人可能覺得他與平日沒什麼兩樣，但是我和他交情深厚，馬上就從各種跡象看出他十分緊張，脾氣捉摸不定，動不動恍神，稍不留心就會把他惹惱。

儘管平時他一畫畫就情緒不穩，但這次他的緊張不全是由工作引起的。他很高興見到我，一有機會獨處時就說：「謝天謝地，你來了，菲利普。跟四個女人住在同個屋簷下真的可以把任何男人逼瘋。待在她們中間，我真的快精神分裂了。」

那氣氛真的很令人難受，老公的外遇顯然讓卡蘿琳吃足苦頭，你很難相信，她竟然可以用內斂而不失教養、不帶任何髒字地貶損艾莎。而艾莎則公然而粗魯的反擊卡蘿琳。她知道自己占盡上風，而且她教養極差，很難約束其囂張的劣行。結果奎雷一不畫畫時就跟安吉拉拌嘴逗樂。他們倆感情不錯，雖然常常發生口角。不過這一陣子，阿瑪斯的言語行止間總是帶著刺，兩人真的大吵起來了。第四個女人是家庭教師。阿瑪斯稱她為「板著面孔的巫婆」，還說「她對我恨之入骨。坐在那兒噘著嘴，不停地數落我」。

就在這時他嘆道：「女人全都見鬼去吧！男人要過安靜日子，一定得躲開女人！」

「你不該結婚的，」我說，「你不是那種願受家庭束縛的男人。」

他回答現在談這些為時已晚，然後又說，卡蘿琳一定恨不得宰了他。這是我第一次感到事態嚴重。我說：「怎麼回事？你真的愛上那個漂亮的艾莎啦？」

他嘟囔著說：「她是很漂亮，對吧？有時我真希望自己從未見過她。」

「兄弟，你振作點，別再和女人糾纏不清了。」

他看著我大笑起來，說道：「說得容易。我離不開女人哪，根本辦不到。即使我能做到，她們也不會放過我！」他聳聳寬闊的肩膀，笑著對我說：「唉呀，反正船到橋頭自然直。你得承認我這幅畫不賴吧？」

他指的是他正在幫艾莎畫的那張像，儘管我對繪畫一無所知，還是看出這幅作品相當不俗。

阿瑪斯畫起畫來就像變了個人，雖然會咆哮、會嘟嘟囔囔、亂罵人，有時還把畫筆甩出老遠，但他其實非常快樂。

只有當他回屋子吃飯時，兩個女人間的敵對氣氛才會令他沮喪。九月十七日，兩個女人的針鋒相對達到高潮，一頓午飯吃得眾人尷尬萬分。尤其是那個艾莎。真的，我只能用傲慢來形容她了！她故意無視卡蘿琳的存在，不斷與阿瑪斯一個人講話，就像屋裡只有他們兩人似的。卡蘿琳故作輕鬆地和其他人交談，每兩三句話裡就故意帶根刺。她沒有艾莎那種粗鄙的率直，任何事卡蘿琳總是點到為止而已，不會挑明去講。

飯後，我們坐在客廳裡剛喝完咖啡，情況益發糟糕了。我批評一尊用山毛櫸木磨刻成的頭像造形怪異，卡蘿琳表示：「這是一位年輕挪威雕刻家的作品，阿瑪斯和我都很欣賞他，我們希望明年夏天能去拜訪他。」艾莎很受不了卡蘿琳那種「擁夫自重」的語氣，她從不放過任何挑戰的機會。等了一兩分鐘後，艾莎用她清晰的嗓音，誇張做作地表示：「這房間若是好好整理，應該會很漂亮，但家具實在太多了。將來我住這兒時，我要把這些亂七八糟的東西全扔掉，只留下一兩件好的。我還要安上銅色的窗簾，我想——那樣夕陽就能透過西邊的大窗子照在上面了。」她轉向我說：「你不覺得這樣很美嗎？」

我還沒來得及回答，卡蘿琳說話了。她的聲音溫柔而圓潤，我只能用「山雨欲來」來形容那種感覺。她說：「你想把這兒買下來嗎，艾莎？」

「我不需要買。」艾莎答道。

卡蘿琳又問：「你是什麼意思？」

她的聲音聽起來不再溫柔，而是生硬、鏗鏘有力。

艾莎笑了，她說：「我們還需要裝嗎？得了，卡蘿琳，你很清楚我的意思！」

「我不明白。」

艾莎答道：「別像個駝鳥似的，裝作什麼也沒看見，什麼也不知道，這是沒用的。阿瑪斯和我彼此相愛，這裡不是你家，是他的家。我們結婚後，我要和他一起住在這兒。」

「我看你是瘋了。」卡蘿琳答道。

「噢，不，我沒有，親愛的。要是我們能彼此坦誠相待，事情就簡單多了。我和阿瑪斯深愛著對方——你已經看得夠清楚了。你該做的只有一件事——給他自由。」

卡蘿琳說：「你說的我一個字都不信。」

然而她的語氣並不堅定，艾莎已經攻破她的防線了。

恰在此時阿瑪斯走進屋來，艾莎笑著說：「你要是不信，去問他呀。」

卡蘿琳說：「我會的。」她沒做任何停頓就說：「阿瑪斯，艾莎說你打算娶她。這是真的嗎？」

可憐的阿瑪斯，我真是替他難過，讓人這樣逼問，簡直像個蠢蛋一樣。他脹紅了臉，開始胡言亂語。他轉而問艾莎，幹嘛那麼大嘴巴？

卡蘿琳追問：「那麼是真的了？」

阿瑪斯無言以對，只能站在那裡用手指在衣領裡來回搓動。小時候他每次不知所措時，就會這樣。他說，他努力想把話說得有尊嚴、有分量，他當然做不到了，可憐的傻瓜。

「我不想討論這個問題。」

「可是我們非討論不可！」

艾莎插嘴說：「我覺得告訴卡蘿琳才顯得公平。」

卡蘿琳靜靜問道：「是真的嗎，阿瑪斯？」

他看起來有些羞愧，男人被女人逮到狐狸尾巴時常會這樣。

「回答我呀，我一定得知道。」她說。

他猛一揚頭，就像鬥牛場上的公牛，脫口而出：「當然是真的——可是我現在不想討論這件事。」

說罷，他轉身拂袖而去。我跟在他身後，不想留下來陪那幾個女人。我在陽台趕上他，只聽他大聲怒斥。我從沒見過有人罵得像他那樣凶。接著他咆哮道：「她為什麼不能看緊自己那張狗嘴？真是的，為什麼非說不可？現在闖出大禍了，而我得把畫完成——你聽見了嗎，菲利普？這是我最棒的一幅作品，是我這輩子最棒的畫作呀。可是這兩個愚蠢的女人卻從中攪和！」

接著他怒氣略消，便說女人搞不清輕重關係。

我忍不住笑著說：「唉，少來了，兄弟，這全是你自找的。」

「我難道不知道嗎？」他哼哼唧唧地說。過一會兒又說：「可是你得承認，難怪男人會為艾莎癡迷，這點卡蘿琳應該也能理解才是。」

我問，要是卡蘿琳橫下心，偏不離婚怎麼辦？

可他的心思不知飄往何處。我又重複一遍，他才心不在焉地說：「卡蘿琳絕對不會報復的。你不懂，老弟。」

「那孩子呢？」我向他指出。

他抓住我的胳膊。

「菲利普，老弟，我知道你是出於好意，但你別再像個老烏鴉那麼囉嗦行嗎？我會處理好自己的事，最後會有個圓滿的結局。你等著看吧。」

這就是阿瑪斯，徹頭徹尾、不切實際的樂觀主義者。

他與高采烈地說：「讓他們全去死吧！」

我不記得我們是否還談了別的事，但幾分鐘後，卡蘿琳大步走上陽台。她戴著一頂帽子，是一頂深棕色的古怪帽子，帽沿下垂，但非常迷人。

她的聲音聽上去與平時無異。「把沾滿顏料的外套脫了吧，阿瑪斯，我們該去默狄思那邊喝茶了——你們都忘啦？」

阿瑪斯瞪大眼睛，有些結巴地說：「哦，我忘了。對，當……當然要去。」

「那就去換身衣服吧，別穿得像個乞丐。」

儘管她的聲音十分自然，眼睛卻不去看他。卡蘿琳朝一叢大麗花走過去，開始摘掉一些已經凋謝的花朵。阿瑪斯慢慢轉身進屋。

卡蘿琳和我聊起來。她說了很多，談這種天氣會不會持續下去、海邊會不會有鯖魚，若有的話，我、阿瑪斯和安吉拉不妨去釣釣魚。她實在太厲害了，我不得不甘拜下風。

但我心裡想，這正表現出她的性格。卡蘿琳有驚人的毅力，完全能控制自己。我不知道她當時是否已經打定主意要殺阿瑪斯了——但她若這麼做，我是不會感到奇怪。而且她有能力不動聲色地做好周密計畫，思路清晰，毫不手軟。卡蘿琳是個非常危險的人物。當時我應該意識到她不會就此甘休，而我卻像個呆子，以為她已決定接受不可避免的事實了——或者，她以為自己若能不以為意，阿瑪斯或許會回心轉意。

其他人不久也都來了，艾莎一臉不屑，同時又擺出勝利者的姿態。卡蘿琳看都不看她一眼，幸虧安吉拉打破僵局。她跳出來和威廉斯小姐爭辯，說她死都不要換裙子，她身上的這條很好嘛，老默狄思一定不會介意，他從來也不會注意別人的事。

大夥終於出發了。卡蘿琳和安吉拉並排而行，我跟阿瑪斯走在一起，艾莎則獨自一人邊走邊笑。我並不欣賞艾莎這種人，性子太烈了，但我不得不承認那天下午她美得出奇，女人得償宿願時，就會顯得特別美。

我根本無法記清那天下午的事，全都模模糊糊。我記得默狄思出來接我們，我們好像先在花園散步。我記得跟安吉拉討論很久，談怎樣訓練獵犬抓老鼠。她吃了很多蘋果，還拚命勸我也多吃點。

我們回到屋裡，坐在大松樹下喝茶。我記得默狄思顯得十分不安，我猜是卡蘿琳或阿瑪斯跟他說了什麼。他不解地看著卡蘿琳，一會兒又瞪著艾莎，一副心急如焚的模樣。卡蘿琳有點喜歡牽著默狄思的鼻子走，這位忠心不貳、柏拉圖式的朋友永遠也不會逾矩。卡蘿琳就是那種女人。

喝完茶，默狄思匆匆跟我說：「聽我說，菲利普，阿瑪斯不能這樣做！」

「省省事吧，他就是要這樣做。」我說。

「他不能撇下老婆孩子跟她走呀，他比她大多啦。她最多不過十八歲。」

我告訴他，葛里爾小姐已經滿二十歲了。

「反正還是未成年，不懂自己在幹什麼。」他說。

可憐的老哥，無論何時他都是那種懷抱騎士精神、不折不扣的君子。

「別擔心，老哥。她很清楚自己在幹什麼，她可樂得很！」

我們的交談到此為止，就沒機會再說了，我想默狄思八成是想到卡蘿琳會被拋棄而感到不安。一旦離了婚，她可能會期望這位忠實的情人來娶她吧。我心中閃過一個念頭，也許默狄思感興趣的，是那種無望的愛情吧，想到這點，我實在忍俊不住。

奇怪的是，我幾乎不太記得參觀默狄思實驗室的事了。我哥喜歡向人展示他的嗜好，其實我覺得無聊透了。我和大夥一起在屋裡聽他長篇大論地講毒芹鹼的藥效，但內容我記不清了。我沒看見卡蘿琳拿藥，我說過，她很聰明。我確實記得默狄思大聲朗誦柏拉圖描寫蘇格拉底之死的段落，我覺得沉悶極了，古典的東西我實在沒興趣。

那天其他事我都想不起來了。我知道阿瑪斯和安吉拉大吵一架，我們大家也都樂見其發生，因為可以避開別的問題。安吉拉衝回床上，一邊大聲怒罵說：第一，她會報復；第二，她希望阿瑪斯去死；第三，她希望他得痲瘋病死掉，因為他活該；第四，她希望童話故事裡的那根香腸能黏在阿瑪斯的鼻子上，永遠弄不下來。她一走，我們全笑歪了，忍不住啊，實在太好笑了。

後來卡蘿琳很快就上床休息。威廉斯小姐尾隨安吉拉而去，阿瑪斯則跟著艾莎一起去花園。顯然我是多餘的，便獨自出去溜達，那天的夜色真美。

第二天上午，我很晚才起床。餐廳裡空無一人——奇怪，我怎麼淨記得這些事？我還記得那天的腰花和豬肉的味道，腰花做得很棒，是辣味的。

之後我晃出去找大家，我走到外頭，一個人也沒碰見，我點了一根菸，見到威廉斯小姐到處在找安吉拉。她今天的功課是縫補上衣，但她又逃學了。我回到大廳，發覺阿瑪斯和卡蘿琳正在圖書室裡爭執，我聽見她嚷道：「你和你那些女人！我真想宰了你。總有一天我會殺了你。」阿瑪斯說：「別傻了，卡蘿琳。」而她答道：「我不是說著玩的，阿瑪斯。」

我不想再聽下去了，便又走出去，沿著陽台另一側走，看見了艾莎。

她坐在長椅上，長椅就在圖書室窗戶下面，而窗戶正大開著，想必裡面說的話她全聽見了。見到我時，艾莎鎮定自若地向我走來。她面帶微笑，挽著我的手說：「今早天氣真好，是吧？」

她當然開心了！這女孩真殘忍。不，應該說是很坦白，而且缺乏想像力。她心裡只想到自己想要的東西。

我們站在陽台上談了五分鐘，我聽見圖書室的門砰然打開，阿瑪斯滿臉通紅走出來。他不容分說抓住艾莎的肩膀叫道：「過來，你該坐好了，咱們繼續畫圖。」她說：「好嘛，我去拿件毛衣，風有點冷。」她進屋子去。我不知道阿瑪斯是不是想跟我說話，但他沒說什麼，只是嘆道：「這些女人！」我說：「開心點哪，老兄。」

艾莎從屋裡出來前，我們倆一句話也沒說。

他們兩個一起走向砲兵園。我進了屋子，卡蘿琳站在大廳裡，甚至沒注意到我進來。有時卡蘿琳就是那樣子，似乎立即就潛入自己的內心世界了。她低聲說了些什麼，對象不是我，而是她自己。我只聽見幾個字：「太殘忍了……」

她說完這些，便從我身旁走過，上樓去了，還是一副沒看見我的樣子，就像在夢遊。我想（你知道我沒有權力這麼斷定），她是上樓取藥去了，她就是那時決定下手的。

就在此時，電話鈴響了。有些家裡會等僕人接電話，但我是奧德堡的常客，幾乎把那裡當自己家，於是便拿起聽筒。

電話裡傳來我哥哥的聲音，他很焦急，說他去過實驗室，發現毒芹屆的瓶子空了一半。

我當時應該採取行動的，現在我明白了，不過也無須再提了。事情來得突然，我又笨到不敢採取行動，默狄思在電話裡慌張得不知如何是好，我聽見樓梯上有動靜，便立刻叫他趕過來。

我自己走下去接他。在這裡順便說明一下奧德堡的地形。從莊園到奧德堡最近的路就是划船越過小溪。我沿小溪而下，走向泊船的小碼頭，途中經過砲兵園的牆腳下時，聽見阿瑪斯邊畫邊跟艾莎聊天。他們聽起來興高采烈，無憂無愁。阿瑪斯說天熱得可怕（就九月份的天氣來說，是個大熱天），而艾莎說坐在那兒（雉堞牆上），有一股冷風從海面吹來，她說：「我都快坐僵了。休息一會兒行嗎，親愛的？」我聽見阿瑪斯叫道：「千萬別動，坐好，你可以的，我正畫得順手。」艾莎嚷說：「你好殘忍！」然後就笑了。我走遠，再也聽不見了。

默狄思划船從對岸過來，我等著他，他拴好船走上台階，他臉色蒼白而緊張地對我說：「你比我聰明，菲利普，我該怎麼辦？那藥太危險了！」我問：「你確定嗎？」要知道，默狄思這傢伙總是糊里糊塗，也許就是因為這樣我才沒當回事。他說確定，昨天下午瓶子還是滿的。我又問：「你一點也想不出來會是誰偷的嗎？」他說想不出來，還問我的看法。會是僕人嗎？我說也許吧，但可能性極低。他不是總鎖著門嗎？他說沒錯，接著又顛三倒四的說什麼發現窗底下開了幾英寸的縫，可能有人從那兒爬進去。「難道小偷是臨時起意嗎？」我懷疑說，「默狄思，我覺得有幾種很不好的可能性。」

他問我究竟怎麼想的？我說要是他敢保證沒弄錯的話，很可能是卡蘿琳弄去毒害艾莎——或者反之，是艾莎拿去毒害卡蘿琳，以除去心頭之患。默狄思身子微微發顫，說這太荒唐、太離譜了，不會是真的。我說：「東西不是丟了嗎？你如何解釋？」他當然無法解釋。事實上他的想法跟我一樣，只是他不想面對現實罷了。他又說：「我們該怎麼辦？」我真是個該死的大傻瓜，居然告訴他：「我們一定得考慮周密。要不等大家都在場時告訴他們毒藥丟了；要不最好找機會和卡蘿琳獨處，指責她不該偷藥。若確信她與此事無關，再用同樣的方法去找艾莎。」默狄思答道：「像她那種女孩啊！她不可能拿的啦。」我說我不能把她排除在外。

我們邊談邊朝房子走去，沉默了一會兒。就在來到砲兵園外側時，我聽見卡蘿琳的聲音。我以為他們三人還在園裡吵，但事實上他們正在討論安吉拉的事。卡蘿琳抗議說：「這樣對她太過分了。」阿瑪斯則不耐煩地駁斥。我們正走到門前，門突然開了。阿瑪斯看見我們時表情一愣，卡蘿琳則正準備出來。她說：「哈囉，默狄思。我們正在討論安吉拉上學的事呢，我一點都沒有把握這樣做對她好不好。」阿瑪斯說：「別為她的事太費心，她不會有事的，安吉拉才無所謂呢。」

就在此時，艾莎走出房子沿小徑跑下來，手裡拿了件豔紅色的上衣。阿瑪斯嚷道：「過來，回到剛才的位置。我不想再耽擱太久。」

他回到畫架前，我發現他的步履有點踉蹌，懷疑他一直在喝酒。男人遇到這麼多煩心的事時，很容易會借酒澆愁。

他埋怨道：「這裡的啤酒全是燙的，我們就不能放點冰塊在這兒嗎？」

卡蘿琳回答說：「我去幫你弄點冰啤酒過來。」

阿瑪斯嘟囔一句：「謝了。」

卡蘿琳關上花園的門，和我們一道朝房子走上去，我們兄弟坐在陽台上，她獨自進屋裡。大約五分鐘後，安吉拉拿著幾瓶啤酒和杯子過來了。那天天氣很熱，我們一看十分開心。正喝著酒時，卡蘿琳從一旁路過，手上也拿了一瓶啤酒，說是要送下去給阿瑪斯的。默狄思要幫她送，但卡蘿琳堅持親自去。我當時想——真笨哪——她只是出於嫉妒，無法忍受那對男女獨處。剛才她也是托說要討論安吉拉上學的事到那邊去的。

我和默狄思目送卡蘿琳走下彎曲的小道，我們還沒決定怎樣行動，這時安吉拉嚷著要我陪她游泳。看來我沒辦法和默狄思單獨在一起了，便對他說：「等用過午飯再說吧。」他點點頭。

然後我就陪安吉拉去游泳。我們游得十分痛快，在小溪來回游了一趟，然後躺在石頭上做日光浴。安吉拉有些悶悶不樂，這正合我意。我決定午飯後把卡蘿琳叫到一邊，直接點破她偷毒藥的事。這事讓默狄思去做等於白搭——他太窩囊了。不行，我會義正辭嚴地批評她，然後要她把藥還回來，或者就算她不還，也不敢用了，我相信她會三思而行。艾莎這人相當理智、老練，不至於冒險亂動毒藥。她精明而實際，會好好珍惜自己的性命。相較之下，卡蘿琳則危險許多——她心中不平、極易衝動又十分神經質。然而我還是懷疑默狄思弄錯了，有可能是哪位僕人進去亂翻時把藥瓶打翻了卻不敢承認。你也知道，毒殺這種事似乎只在戲裡看得到，一般人不會去當真的。

除非真的出了事。

等我看錶時，時間已經滿晚了。我和安吉拉匆匆跑回去，大夥剛剛坐妥，只獨缺阿瑪斯，因為他還留在砲兵園裡畫畫。他常常這樣，我私下還覺得今天他這麼做真是明智之舉哩，因為這頓飯很可能吃得非常尷尬。

後來大家坐在陽台上喝咖啡，我真希望能把卡蘿琳的神態、行為記得更清楚些。她完全看不出一絲激動，印象中十分安靜而悲哀。這女人實在太邪惡了！

毒害一個人是何等冷血狠毒的事，如果她是用手邊的槍，一舉將他射死，那也許還可以理解。但這樣殘忍地報復別人，把他毒死……居然還如此鎮定自若。

卡蘿琳站起身，狀極自然地說要去給阿瑪斯送咖啡。她知道……她一定知道，這會兒去會發現他的屍體。威廉斯小姐陪她一起離開，我不記得是不是卡蘿琳叫她一塊兒去的，我想應該是吧。

兩個女人走沒多久，默狄思也溜出去了。我正想找個理由跟他去，他卻沿著小路往回跑，臉色蒼白，氣喘吁吁地說：「我們得叫大夫──快，阿瑪斯……」

我一躍而起。

「他不舒服嗎──快死了？」

默狄思答道：「只怕已經死了……」

我們忘了還有艾莎的存在，她猛然大叫一聲，鬼般的哭號起來。

她叫著：「死了？死了？」然後拔腿就跑。

我從沒見過那種跑法，像頭受傷的鹿，也像狂怒中的復仇女神。默狄思喘著氣說：「跟著她。我去打電話。跟著她，你不知道她會幹什麼。」

我真的跟著她去了，幸虧如此。要不然她不用費多大勁就會殺了卡蘿琳。我從未見過如此悲痛、如此恨得發狂的人。一切斯文、教養均喪失殆盡，活脫脫就是個粗野的女人。失去愛人的艾莎，只是個單純的女人，她抓著卡蘿琳的臉、扯她的頭髮，要是可能的話，她還會把她摔到牆上。她以為卡蘿琳拿刀砍了阿瑪斯，其實她全弄錯了。

我攔住艾莎，後來由威廉斯小姐負責對付她。我必須承認，威廉斯小姐真有本事，不一會兒就讓艾莎靜下來了。她告訴艾莎非安靜下來不可，不可以再這樣打鬧下去。威廉斯小姐雖不好惹，但實在有辦法。艾莎真的安靜下來——只是站在那兒喘著氣，渾身顫抖。

至於卡蘿琳，就我所知，她再也無法偽裝了。她靜靜站在那兒，也許你會以為她嚇呆了，其實沒有，她的眼神騙不了人。那眼神十分機警，而且我覺得，她開始感到害怕……

我走過去用極低的聲音和她說話，因為不希望讓另外兩個女人聽見。我說：「你這個該死的殺人犯，你殺了我最好的朋友。」她一哆嗦，說：「不，哦，不，他……他是自殺的……」我緊盯著她的雙眼說：「你把話留著對警察說吧。」

她也確實這樣告訴了警方，但他們不相信。

02
默狄思・布萊克的記述

親愛的白羅先生：

僅依所約，寫下十六年前那樁慘案的相關記憶。首先我想說明，在仔細考慮過上次會面時你說的話後，我比以前更堅信，卡蘿琳絕無可能毒殺其夫。儘管我一直對她被判有罪心存疑慮，但因未能找到任何其他解釋，加上受她的態度影響，使我也人云亦云地認為毒若不是她下的，還有別種解釋嗎？

和你見過面後，我十分仔細地思索當年被告提出來的解釋——即阿瑪斯・奎雷死於自殺。儘管當時憑我對阿瑪斯的了解，覺得這說法很荒唐，但現在我覺得應該改變自己的看法了。第一點，也是非常重要的一點，因為卡蘿琳對此深信不疑。如果現在我們承認這位溫柔可愛的女性受到冤枉，那麼她一再重申的觀點就必然極具分量。卡蘿琳比任何人都了解阿瑪斯，要是她覺得自殺是可能的，那麼縱使我們做朋友的不信，事實上還是可能。

因此，我就此種可能往下詮釋。阿瑪斯．奎雷因性格使然做出種種荒唐事，他其實深受良心譴責，甚至感到絕望，這一點只有他的妻子明瞭。我覺得這種設想並非不可能，也許阿瑪斯只在卡蘿琳面前展現自己這一面。雖然這與他的話不盡相符，但事實上，大多數人的性格都有不被覺察且有違平日表現的地方，會讓熟知他們的人甚感驚訝。一個嚴肅、受人尊敬的人被發現品德頑劣的一面；一個粗俗、唯錢是問的人也許私下十分欣賞某件精美的藝術品；難於接近、放蕩不羈的人具有不為人知的愛心；慷慨、樂善好施的人卻被揭露出其吝嗇、殘忍的一面。

因此，阿瑪斯的心底，很可能有著病態的自責。他表面上愈是自我中心、我行我素，自責便愈深。表面上當然看不出來，但現在我相信一定是這樣子的。我再重申一次，卡蘿琳一直相信阿瑪斯是自殺的，這點十分重要！

接著根據這新觀點，讓我們來看看那些事實，或說是我記憶中的事實。

我想，在這裡我得提到悲劇發生前幾週我和卡蘿琳的一次談話。那是在艾莎．葛里爾第一次到奧德堡期間談的。

我跟你提過，卡蘿琳很清楚我對她的深情與友誼，所以很容易向我傾訴心事。她那陣子似乎不太開心，有一天她突然問我，是否覺得阿瑪斯特別喜歡他帶回來的那個女孩，我嚇了一跳。我說：「他感興趣的是畫她，你也知道阿瑪斯是什麼樣的人。」

她搖著頭說：「不，他愛上她了。」

「嗯……也許有一點吧。」

「愛得很深哪，我覺得。」

「我承認她非常迷人，而我們知道阿瑪斯是個多情種子。但你一定知道，到現在為止，親愛的，阿瑪斯真正在乎的只有一個人，那就是你。他常常移情別戀，但總不長久。你是他的唯一啊！儘管他有很多不是，但實質上並不影響他對你的感情。」

卡蘿琳答道：「我過去總是這麼想的。」

「相信我，卡蘿琳，」我說，「現在也是這樣。」

「可是默狄思，這一次我很擔心。那女孩太……太熱情了。她那麼年輕，那麼激情，我覺得這次他們是玩真的。」

「可是正因為她年輕、熱情，恰恰會對她形成一種保護。阿瑪斯是喜歡玩女人，但對這樣熱情年輕的女孩，情況就不同了。」

「是的，我擔心的就是這點——情況會不同。」她繼續說道，「你知道，默狄思，我三十四歲了。我們結婚已有十年。論長相，我遠遠不如這個小艾莎，這點我有自知之明。」

「可是卡蘿琳，你很清楚，阿瑪斯全心全意的愛著你呀。」

她反駁道：「男人誰知道啊。」接著她笑了笑，顯得有些懊惱。「默狄思，我是個女人，我真想砍那女孩一刀。」

我說，那孩子可能壓根不知道自己在做什麼，她欣賞阿瑪斯，把他當成英雄崇拜，也許她根本沒有意識到阿瑪斯愛上她了。

卡蘿琳只對我說：「親愛的默狄思呀！」然後便開始談起園子的事了。我當時還希望她不會再為此事擔憂。

幾天後，艾莎回倫敦去了，阿瑪斯也有幾週不在家。我真的把這件事忘得一乾二淨了。後來我聽說艾莎又回到奧德堡，好讓阿瑪斯把畫完成。

這個消息使我有些不安。但是我看見卡蘿琳時，她卻不想與人多談，她和平時並無二致，既不擔憂，也不煩躁，我以為一切沒事。

所以當我知道事態的發展情況後，才會如此震驚。

我跟你講過當時我與阿瑪斯以及與艾莎的談話。我沒能有機會和卡蘿琳再談，我們僅僅說了幾句話，這點我也跟你講過了。

現在她的臉龐又浮現在我眼前，烏黑的大眼睛，以及她壓抑的情緒。我彷彿聽見她在說：「一切都結束了……」

我無法向你描述她悲傷的語氣，那是字字真情哪。沒有了阿瑪斯，一切對她來說都結束了。我相信卡蘿琳拿走了毒芹鹼是為了解脫，她從我對毒藥的蠢見中得到靈感，而我朗誦的文章又把死亡描寫得十分優雅。

現在我是這樣想的，卡蘿琳偷走毒芹鹼，打算阿瑪斯若拋棄她，她就自殺。也許阿瑪斯看見她偷藥，也許是後來才發現她手上有藥。

這個發現對阿瑪斯是項嚴重的打擊。知道自己的行為使妻子產生了輕生的念頭，阿瑪斯嚇壞了。然而他雖然恐懼、悔恨，另一方面卻仍無法放棄艾莎。我能理解他的感受，任何愛上艾莎的人，都會覺得無法自拔。

他無法想像沒有艾莎的日子，又意識到沒有他，卡蘿琳活不下去。於是決定只有一個解決辦法——自己服用毒芹鹼。

我覺得，這種做法反映了阿瑪斯的性格特點，他生平最珍愛畫畫，他故意選擇手執畫筆而死。他的雙眼最後能看見的是他摯愛女孩的臉，也許他還覺得，他的死對於艾沙是最好不過的……

我承認我所做的推斷還是有漏洞。例如，在空的毒芹鹼瓶子上為何只發現卡蘿琳的指紋。我想可以這樣解釋：阿瑪斯倒走毒藥後，流到瓶子表面的藥液蓋住了他的指紋，他死後，卡蘿琳拿起瓶子看看是否有人動過。這種猜想可能嗎？可信嗎？至於啤酒瓶上的指紋，被告律師堅持說，服毒後人的手會扭曲變形，因此才會用極不自然的握姿握住啤酒瓶。

還有一點有待釐清，即卡蘿琳在整個審判過程中的態度，我現在明白其中的原因了。從實驗室偷走毒藥的是卡蘿琳，她輕生的念頭促使丈夫結束自己的生命，因此卡蘿琳痛責自己應為丈夫的死負責，也是很合理的——她認為人是她殺的——雖然他並未實際動手。

我覺得我說的一切都有可能是事實，果真如此，便不難讓小卡拉相信了吧？那麼她就可以嫁給她所愛的人，不再有所遺憾，因為她知道母親唯一的罪，就是動過輕生之念而已。

唉，這些並不是閣下要我寫的——閣下希望我寫下記得的事。我現在就加以補述吧。我已跟你完整地講過阿瑪斯死亡前一天發生的事了，現在來談談當天的事吧。

我睡得很糟——為朋友的事煩到輾轉難眠，徒勞地想找出解決辦法，直至凌晨六點才沉沉入睡，連早茶送來時，也沒被吵醒。我終於在九點半左右醒來，頭還昏沉沉的，沒多久，我覺得好像聽見樓下實驗室裡有動靜。

大概是貓鑽進去弄出聲音的吧，我發現昨天一時疏忽沒將窗子關緊，今天縫隙開得更大了些，剛好能容一隻貓出入。我提及這個只是想說明我為什麼會進實驗室。

我一穿好衣服就進了實驗室。檢查藥品架時，發現裝毒芹鹼的瓶子似乎與平常不一樣。我的視線被吸引過去了，我嚇一跳，發現藥量少了很多，前一天瓶子還幾乎是滿的，此時卻差不多空了。

我關好窗鎖住，然後走出實驗室將門鎖緊。我心裡很不安，也百思不得其解。我一受驚，腦筋就會變鈍。

一開始我只覺得煩，接著開始擔心，最後覺得事態不妙。我問過僕人，但他們全都否認進過實驗室。我又仔細考慮了一陣子，然後決定打電話給我弟弟問他意見。

菲利普腦筋比我快，他看出事態嚴重，催我馬上過去商量對策。

我走出去碰見了威廉斯小姐，她從對岸過來找逃學的安吉拉。我告訴她沒見到她，安吉拉沒到過這裡。

我想威廉斯小姐看出了不對勁，十分好奇地打量著我。但我沒興趣告訴她發生什麼事，便建議她去花園找找看（那裡有棵蘋果樹是安吉拉最喜歡的），我自己則匆匆走到岸邊划船去奧德堡。

舍弟早已等候多時了。

我和弟弟沿著那天我帶你走的那條路向房子走上去，看過地形後你應該明白，從砲兵園牆腳下走過可以把花園裡的談話聽得很清楚。

除了聽出卡蘿琳和阿瑪斯在為某件事爭執之外，我並沒有留心他們在說什麼。我當然沒聽到卡蘿琳說任何威脅的話，他們在討論安吉拉的事，我猜卡蘿琳是在求阿瑪斯別立即送安吉拉去學校，但阿瑪斯固執地咆哮說，事情已經決定了，他會幫她收拾東西。

我們剛走到花園門前，門就突然開了。卡蘿琳走出來，見到是我們，她有點吃驚。她不經意地對我笑笑，說他們在談安吉拉的事。這時艾莎沿著小路走下來，顯然阿瑪斯想繼續作畫，我們就又上了小路，以免打擾他們。

事情發生後菲利普痛責自己，因為我們沒有當機立斷採取行動。然而我的看法跟他不同，我們當時沒有確切的證據推斷有人策動謀殺（而且現在我相信並非是預謀的）。我們雖應採取行動，但我至今仍堅持當時先討論是對的，必須找出正確的做法，不能貿然行事。有一兩次我甚至懷疑自己看錯，案發前一天，藥瓶真是滿的嗎？我不是那種對一切都充滿自信的人（不像我弟弟菲利普），記憶力有時是很詭異的。例如，我們常會發現，明明很確定把東西放在某處了，後來卻發現原來放在一個完全不同的地方。我愈是努力回憶前一天藥瓶的樣子，就愈難肯定。我把菲利普弄得十分惱火，耐心盡失。

我們一時間無法繼續談下去，便很有默契的留待午飯後再談（只要願意，我可以隨時到奧德堡吃午飯）。

後來，安吉拉和卡蘿琳幫我們送啤酒來。我問安吉拉為什麼逃學，讓威廉斯小姐氣得四處找她；她回答說她去游泳，還說補那條破爛的舊裙子幹嘛，反正她馬上要去上學了，所有東西都得換新。

既然沒機會再和菲利普單獨談話，我又急於獨自將事態釐清，便沿小路走到砲兵園。我帶你參觀過，砲兵園上面有一片空地，以前那裡放了一把長椅。我坐在椅上邊抽菸邊想，並看著艾莎為阿瑪斯擺姿勢。

我常常回憶起她那天的模樣，她定定地擺著姿勢，穿著黃襯衫、深藍長褲，套了一件紅色的背心好讓自己暖和些。

她臉上洋溢著活力，顯得健康而光采照人，她開心的談著未來的種種。

你一定以為我在偷聽他們談話吧，其實不然。我在艾莎的視線之內，她和阿瑪斯都知道我坐在上面。艾莎朝我揮手，嚷說今天上午阿瑪斯殘忍極了，一刻都不讓她休息，害她四肢發僵，渾身疼痛。

阿瑪斯吼說，艾莎還沒他僵得厲害呢，他從頭到腳全都硬掉了——患了風溼症。艾莎笑他說：「可憐的老頭子！」他回她說，以後得侍奉一個渾身嘎嘎響的病人。

這話令我震驚，這兩人造成別人那麼大的痛苦，自己卻在一起開開心心地展望未來。然而我還是無法怪艾莎，她那麼年輕自信，又愛得那麼深切，她並不清楚自己在幹什麼，不懂得什麼叫痛苦，只是天真的以為，卡蘿琳會「好起來」，能「很快就挺過去了」。除了她自己和阿瑪斯，除了他們未來的幸福之外，她什麼都看不到。她告訴過我，我的觀點太落伍了；她沒有懷疑、沒有不安，也沒有絲毫的憐憫之情。誰能指望一個青春四射的年輕人去同情你呢？悲憫是一種成熟而智慧的感情哪。

當然了，他們說得並不多，畫家作畫時是不愛聊天的。艾莎大約每十分鐘就會說幾句話，阿瑪斯也會胡亂應付一下。有一回她說：「西班牙？你說得沒錯。第一站我們就去那兒，你一定要帶我去看鬥牛賽喔，一定很精采。只是我寧願看牛把人鬥死，而不是人把牛刺死。我了解羅馬婦女看見人被弄死時的感覺了，人算什麼，真正了不起的是動物啊。」

我覺得她本人就很像一隻動物——年輕、單純，未經任何磨難與歷練。我相信艾莎根本還不懂得思考，只是純粹去感受而已。但她是那麼的生氣蓬勃，我認識的人之中，哪一個都及不上她……

那是我最後一次見到她那麼明豔照人，充滿自信——彷彿站在世界之頂。該用「傻氣」來形容她，不是嗎？

午餐鈴聲響起，我起身沿著小路來到砲兵園的門旁，艾莎朝我走過來。猛然自樹蔭中走出來，我的眼睛被陽光刺得幾乎什麼都看不清。阿瑪斯躺在長椅上攤著手，眼盯著畫作。我對他這副樣子早就習以為常了，怎會知道是毒性發作，他已渾身僵硬了？

阿瑪斯最痛恨生病了，怎樣都不承認自己生病。我猜他以為自己中了暑——症狀幾乎一樣——但他絕不會抱怨。

艾莎說：「他不過去吃午飯。」

私底下我覺得他挺明智的，便說：「那再見啦。」

阿瑪斯將視線從畫上移開，看著我，眼神有些古怪——怎麼形容呢？看上去充滿恨意，充滿恨意地凝視著我。

當時我當然不明白了——他畫得不順心時，也常常會眼露凶光。我以為那就是原因。他發出咕嚕嚕的聲音。艾莎和我都沒看出他有異狀，以為僅是藝術家的天性作祟。於是我們把他獨自留在園裡，艾莎和我有說有笑地進了屋裡。可憐的孩子，要是她知道永遠再也見不著他……噢，謝天謝地，她不知道，好歹還能多快活一會兒。

午飯時卡蘿琳跟平常沒什麼兩樣，不過有點心不在焉，但也只是這樣而已。這不就說明她與阿瑪斯的死沒有關係嗎？她不可能裝得那麼自然啊！

後來她和家庭教師一道下去發現了他，威廉斯小姐返回時遇到我，要我打電話叫醫生，自己則回去看卡蘿琳。

那個可憐的孩子（我指的是艾莎）！她悲痛欲絕，像個情緒失控的孩子，不肯相信命運如此捉弄人。卡蘿琳十分鎮定，是的，她十分鎮定。她當然比艾莎會控制自己，事發時她似乎並不後悔，只說阿瑪斯自殺了。而我們都不相信，艾莎當場發飆，指著卡蘿琳說人是她殺的。

當然了，卡蘿琳也許已意識到，自己會成為嫌犯。是的，這很可能解釋了卡蘿琳何以會有那種表現。菲利普深信阿瑪斯是她殺害的。

家庭教師幫了大忙。她命令艾莎躺下，餵她鎮靜劑，警方抵達後，還把安吉拉帶到一邊，那個女人真是大家的支柱。

一切都成了噩夢。警方搜查房子，四處盤問，接著記者也一窩蜂趕來了，相機快門閃個不停，個個都想採訪奎雷家的人。

那整樁事，就是一場夢魇。

這麼多年過去了，仍是夢魇一場……天啊，一旦你將真相告訴了小卡拉，我們就可以把它統統遺忘，永遠不再想起了。

阿瑪斯一定是死於自殺的——不管看上去可能性多麼小。

03
艾莎・戴蒂罕夫人的記述

我將自己與阿瑪斯・奎雷相遇至其慘死之前，完整之經過情形記述如下。

我第一次見到阿瑪斯是在一場畫室派對上。記得阿瑪斯站在窗邊，我一進門就看見他了。我問他是誰，有人說：「那是畫家奎雷。」我立即表示想認識他。我們在派對上談了十分鐘，你若了解奎雷帶給我的震撼印象，就知道那是無法訴諸形容的了。最貼切的說法是，一見到奎雷，其他人都似乎變得渺小，且漸次淡去了。

這次見面後，我立即盡可能的參觀他每一幅作品。當時他在邦德街舉行畫展，還有一幅畫在曼徹斯特，一幅在里茲，兩幅在倫敦公共美術館。我都去看了。後來我又見到他，便告訴他說：「你所有的畫我都看過了，我覺得棒極了。」

他看起來很開心，他說：「誰說你可以評畫的？我想你對繪畫一竅不通吧。」我說：「也許我是不懂，但還是覺得你的畫很棒。」他對我笑道：「別那麼傻呼呼的一頭熱。」我答道：「我才不是呢，我希望你能畫我。」阿瑪斯說：「你要是有點概念的話，應該知道我不幫美女畫肖像。」我說：「不必是肖像，而我也不是什麼美女。」他打量著我，彷彿此時才開始注意到我似的。他說：「對，也許你不是。」我說：「那麼你是願意畫我囉？」他歪著腦袋研究我好半天後才說：「你這孩子很怪，是吧？」我答道：「我很有錢喔，我可以出不錯的價錢。」他問：「你為什麼那麼想要我畫你？」我說：「因為我想嘛！」他問：「這算是理由嗎？」我說：「是的，我一向要什麼就能得到什麼。」於是他嘆道：「噢，可憐的孩子，你實在太年輕了！」我說：「你願意畫我嗎？」

他抓住我的雙肩，把我推向明亮處仔細打量我。然後他站得離我遠些，我靜靜地站在那裡等候。

他終於說：「有幾次，我想以一群飛降在聖保羅教堂上、色彩斑斕的金剛鸚鵡作畫。如果我以傳統的戶外美景做背景來畫你，我想，應該可以得到相同的效果。」我問：「那麼你是願意畫了？」他回答：「我從你身上看到了最可愛、最質樸、最豔麗的奇特色彩，我答應畫你！」我說：「一言為定。」他接著說：「我可警告你，艾莎．葛里爾。要是我真的畫你，也許我會向你求愛喔。」我說：「我正希望你會……」

我一字一字地說，臉不紅，氣不喘。我聽見他倒抽口氣，看到他異樣的眼神。

你知道，一切就是那麼突然。

一兩天後，我們再次會面。他告訴我說，希望我能去德文郡，那裡的背景正合他意。他說：「你知道我有家室，而且我非常喜歡我的妻子。」我說如果他喜歡她，那麼她一定很善良。「事實上，」他說，「她很可愛，我也很敬重她。就是這樣，小艾莎，信不信由你。」我告訴他我完全理解。

一週後他開始作畫了，卡蘿琳．奎雷熱情地接待我。她不太喜歡我，可是她憑什麼喜歡我？阿瑪斯非常謹慎。他和我說的每一句話都盡量讓妻子聽見，我對他也彬彬有禮。儘管如此，我們卻彼此心裡有數。

十天後他說我該回倫敦去了。

我說：「還沒畫完呢。」他答道：「幾乎都沒開始呢，說真的，艾莎，我無法畫你。」我問：「為什麼？」他說：「你很清楚原因，艾莎，這也是為什麼你得離開的原因。我的心思不在畫上——除了你，我什麼也沒辦法想。」

當時我們在砲兵園。那天天氣炎熱，陽光酷烈，鳥兒在枝頭鳴叫，蜜蜂嗡嗡飛舞，氣氛是愉悅而平靜的，然而我們一點那種感覺都沒有，反是覺得有些悲涼，彷彿……彷彿將要發生的一切已有了預兆。

我明白我回倫敦也無濟於事，但還是說：「好吧，你要我走我就走。」阿瑪斯說：「真是個乖女孩。」

於是我走了，連信都沒寫給他。

他苦撐了十天才來，整個人變得消瘦而憔悴不堪，我驚呆了。

他說：「我警告過你的，艾莎，別說我沒警告過你。」我說：「我一直在等你。我知道你會來的。」他呻吟般地說：「有些事任何人都無法承受，我茶不思飯不想，一心就只想著你。」

我說我知道，我也一樣，自從第一眼見到他起，便是如此。這是命運哪，再怎麼掙扎都是枉然。他說：「你沒有太多掙扎吧，艾莎？」我說我根本就沒掙扎過。他說我要不是那麼年輕就好了，我說這有什麼關係？往後幾週裡我們十分快樂，但快樂一詞還不足以形容萬一，事實上更深刻、更動人心弦。我們是天造地設的一對，終於找到了彼此——我們都知道我們必須永遠在一起。

然而，又出了一個狀況。

那幅未完成的作品讓阿瑪斯魂牽夢繞，他跟我說：「真是見鬼，太滑稽了，以前礙於你而無法作畫，但現在我想畫你，艾莎。我要畫你，好使這幅畫成為空前的傑作。此刻我多麼渴望能手執畫筆，看你坐在灰色雉堞牆的栗木邊，以傳統的藍色大海及英格蘭的樹林為景，而你……你坐在那兒形成強烈的對比，如同一聲勝利的呼喊！」他又接著說：「我非這樣畫不可！而且我作畫的過程中不能受一點干擾，一畫完，就把真相告訴卡蘿琳，我們把一切都弄個清楚明白。」我問：「你和她離婚，她會大吵大鬧嗎？」

他說他覺得不會。可是，女人的心事誰知道呢。

我說她若很難過，我心裡會過意不去，但事情畢竟已經發生了。

他說：「艾莎，你真善良，也很理智。但卡蘿琳並不理智，從來都不是，自然也不會一下子變得理智起來。要知道，她很愛我啊。」

我回答說我懂，但要是她愛他的話，就該把他的幸福放在首位。而且假若他想要自由，卡蘿琳無論如何也不應該把他捆在身邊。

他說：「當代文學中的自由信念無法解決真實的人生問題。記住，人性是很殘酷的。」我說：「如今我們不都是文明人了嗎？」阿瑪斯大笑道：「文明個鬼！說不定卡蘿琳真想捅你一刀呢。也許她真的會這麼做。艾莎，你難道不明白嗎？受折磨的人是她呀，你知道什麼叫受折磨嗎？」

我答道：「那就別跟她說。」他說：「不行。離婚是遲早的事。你得堂堂正正地屬於我，艾莎。我要讓全世界知道，你是我明媒正娶的妻子。」我問：「要是她不願意和你離婚呢？」他說：「這點我倒不擔心。」我問：「那你還怕什麼呢？」他緩緩地答道：「我不知道……」

看吧，他深知卡蘿琳的本性，我卻不知道。如果我有一點點概念就好了……

我們一道返回奧德堡，此番情形已大不相同了。卡蘿琳起了疑心，我不喜歡這樣，一點都不喜歡。我向來痛恨欺騙和隱瞞，覺得我們應該告訴她，但阿瑪斯置之不理，他根本不在乎，儘管他喜歡卡蘿琳而不想傷害她，卻不在意自己是否誠實。

他瘋狂地畫畫，別的什麼都無所謂。我以前從未見過他如此沉湎於工作，也體會到他真是個了不起的天才。對他來說，全心投入創作，生活瑣事自然變得無足輕重了。可是我就不同了，我的處境很艱難。卡蘿琳恨我——真的很恨我，而唯一能把關係弄清楚的辦法，就是告訴她真相。

而阿瑪斯只是說，在畫完之前不想因吵鬧、爭執而分心。我說大概不會吵起來吧，因為卡蘿琳太好面子、太驕傲，她不會亂鬧的。

我叫道：「我想直說，我們非得誠實些不可！」阿瑪斯答道：「去他的誠實，我正在畫畫，媽的。」

我雖了解他的想法，他卻無法理解我的。

最後我受不了了。卡蘿琳一直在談她和阿瑪斯明年秋季的旅行計畫，她的語氣如此自信，我突然對我們將卡蘿琳蒙在鼓裡的做法感到不恥。也許我也有些生氣吧，因為卡蘿琳常對我指桑罵槐，明嘲暗諷，誰能受得了呢？

於是我和盤托出。就某方面來看，至今我還是覺得自己沒錯，當然了，倘若我能略微猜到後果，就不會那麼做了。

戰火立即爆發，阿瑪斯對我大為光火，但又不得不承認我說的是實情。

我完全無法理解卡蘿琳。我們一塊兒去默狄思家喝茶，卡蘿琳竟然顯得若無其事，而且還有說有笑。我傻傻的以為她已經接受事實了。太尷尬了，我要是能夠一走了之就好了，不過那樣阿瑪斯又會大發雷霆。我想，說不定卡蘿琳會走。要是她走了，我們倆就都能夠喘口氣了。

我沒看到卡蘿琳偷毒芹鹼，坦白講，我覺得她說的可能是真的，她偷藥是想自殺。但我並不真的這麼認為，我覺得她是那種善妒、占有欲極強的人，只要認為是屬於自己的東西，就絕不放手。阿瑪斯是她的財產。我想，卡蘿琳已有殺阿瑪斯的打算了，她寧可玉碎，也不願放他毫髮無損的投入另一個女人的懷裡。我相信她當下便決心殺他了，而且默狄思的長篇大論正好為她提供了做案手段。卡蘿琳非常苛刻且報復心重，她是那種有仇必報的人。阿瑪斯一直知道卡蘿琳是個危險人物，我卻什麼都不知道。

第二天早上，她終於和阿瑪斯攤牌了，我在陽台上幾乎都聽見了。阿瑪斯的表現很不錯，非常有耐心，很平心靜氣。他努力勸她理智些，他說他很喜歡她和孩子，永遠都會這樣。他將盡最大努力確保她們將來的幸福，接著他的語氣變得十分堅定：「但你得弄清楚。我非娶艾莎不可——什麼都攔不住我。你我不是一直同意給予對方自由嗎？事情已經發生了。」卡蘿琳對他說：「你愛怎麼辦就怎麼辦吧，我警告過你了。」她的聲音很輕，但語氣詭譎。阿瑪斯說：「你這是什麼意思，卡蘿琳？」她說：「你是我的，我不會放你走的。我會在你跟那女孩離開之前，便殺了你……」

這時，默狄思正好沿著陽台走過來，我起身和他打招呼，不想讓他聽見他們的爭吵。不久，阿瑪斯出來說該繼續畫畫了。我們一起到砲兵園，他沒說太多話，只說卡蘿琳又吵又鬧，可是他不想多談。阿瑪斯想集中精力創作，他說，再一天就差不多可以完成了。

他說：「艾莎，這會是我最棒的作品，哪怕是流血流淚，我也值得。」一會兒後，我回屋子拿衣服，因為風吹得有點冷。當我返回時，卡蘿琳也在。我猜她是來做最後一次勸說。菲利普和默狄思．布萊克也都在那兒。

就在這時，阿瑪斯表示口渴，想喝東西。他說花園裡有啤酒，可惜不冰。卡蘿琳說會幫他送冰啤酒來，說得相當自然，語氣十分溫柔。那個女人真會演戲，當時她一定很清楚自己要做什麼了。

十分鐘後她送酒來了。阿瑪斯在畫畫，她倒了酒，把杯子擱在他身邊。我們都沒有注意看她。阿瑪斯全神貫注地作畫，我得保持姿勢。阿瑪斯和往常一樣把酒一飲而盡，然後做了個鬼臉說：「好難喝，不過幸好是冰的。」即便他說了這些話，我還是未起半點疑心，只是笑著說：「挑剔鬼。」

卡蘿琳見他喝完，就離開了。

差不多四十分鐘後，阿瑪斯抱怨渾身發僵疼痛。他說自己八成得了風溼，阿瑪斯一向痛恨生病，不願讓人照顧他。說完之後，他又故作輕鬆地說：「年紀大了，是吧。你跟到一個老病號啦，艾莎。」我取笑了他幾句。但我發現他的雙腿行動遲緩、很古怪，他還抽搐了幾下，我壓根沒料到那跟風溼無關。不久他拉過長椅躺下，偶爾起身在畫布上加幾筆，以前他畫畫常這樣，一會兒盯著我，一會兒又盯著畫布看。有時他一連半個小時都如此，因此我也不覺得有任何怪異。

聽到午餐鈴聲，阿瑪斯說他不上去了。他要待在那兒，什麼也不想吃。這也很正常啊，不用在餐桌上面對卡蘿琳，他還能輕鬆些。

他說話時是滿怪的——咕咕噥噥的，不過以前他作畫不順時，也會這麼說話。

默狄思來接我一道吃飯，他和阿瑪斯說話，阿瑪斯只是對他咕噥著。

我們一道回屋子，把他單獨留在那兒——把他留在那兒，一個人靜靜地死去。我很少見過病人，對病症的事所知有限，我以為阿瑪斯只是在發藝術家的脾氣。我若知道……若是懂得趕快找大夫也許就有救了……噢，天哪，我為什麼沒有去——現在想這些又有什麼用。我真蠢。一個十足的蠢貨。

沒什麼好說的了。

吃完午飯卡蘿琳和家庭教師下去花園，默狄思跟在後頭，他很快又跑回來，告訴我們說阿瑪斯死了。

我立刻恍然大悟！我的意思是，我明白阿瑪斯是卡蘿琳殺的，但還沒想到他是中毒身亡。我以為卡蘿琳剛剛去花園用槍或匕首將他殺死。

我只想向她撲過去，殺了她……

她怎麼下得了手？怎麼狠得下心呢？阿瑪斯那麼生氣勃勃，充滿活力。她熄滅他的生命之火，竟然只是為了不想讓我得到他。

可怕的女人……可怕、可鄙、殘忍，而報復心強的女人……

我恨她。至今依然恨她。

他們竟沒將她絞死。他們應該把她絞死的……

上絞架還算便宜她了……

我恨她……恨她……恨她……

04

西莉亞·威廉斯的記述

親愛的白羅先生：

寄上本人對一九××年九月十九日發生之命案，所見所聞之陳述。

我的陳述完全無所保留，你可以拿給卡拉·奎雷看。也許她會十分難過，但我向來相信事實勝於一切，護短是沒有用的。人需有面對現實的勇氣，沒有這份勇氣，生命就毫無意義。隱瞞真相的人，帶給我們的傷害其實最深。

這點請相信我。

忠實的　西莉亞·威廉斯

我叫西莉亞·威廉斯。一九××年受聘於奎雷夫人，擔任其同母異父妹妹安吉拉·沃倫之家庭教師，當時我四十八歲。

我就在奧德堡工作，這是一座非常美麗的莊園，位於德文郡南部，隸屬奎雷家族已有數代之久。我知道奎雷先生是位知名畫家，但直至我在奧德堡住下來後，才見到他本人。

奎雷家中除了奎雷夫婦、安吉拉．沃倫（一個十三歲的女孩）外，還有三名僕人，他們都跟隨奎雷家許多年了。

我發現我的學生很有意思，也很有發展潛力。她能力超常，教導她真是樂趣無窮。安吉拉有點野，個性桀驁不馴，但這些缺失主要是因為她精力過人所致。我向來主張女孩子應該開朗活潑，因為旺盛的精力經過訓練和指導，能發揮巨大的作用，使她們走上成功之路。

整體來說，我覺得安吉拉還是可以理喻，有希望管教好。她以前是有些被寵壞了——這點奎雷夫人得負責，因為她太縱容安吉拉了。而奎雷先生的干涉，在我看來，也很沒有方法。他今天把她寵上天去，明天又莫名其妙地挑她毛病。奎雷先生的情緒變化無常——可能是由於藝術家的天性造成的吧。就我個人來說，我從不認為藝術天賦可以拿來當成個人行為不檢的藉口。我本人並不欣賞奎雷先生的作品，覺得他的畫謬誤甚多，色彩過分誇張。不過當然了，不會有人來問我的意見。

很快我就被奎雷夫人深深吸引住了。我敬慕她的為人，以及遭逢困境時的堅忍。奎雷先生經常拈花惹草，我覺得那是夫人痛苦的根源。換做別的性格倔強的女人早就離開他了，但奎雷夫人似乎從沒這樣想過。她包容他一次次的不忠行為，一再原諒他——但她並非真的忍氣吞聲，她還是會抗議，而且毫不客氣！

偵訊時有人說他們常常吵得雞犬不寧，我覺得其實沒那麼嚴重。奎雷夫人自尊很強，不至於胡亂吵鬧，但他們確實吵過。我覺得在那種情況下吵架是很自然的。

我和奎雷夫人相處僅兩年多，葛里爾小姐就出現了。她在一九××年夏天到奧德堡，之前奎雷夫人從沒見過她。葛里爾小姐是奎雷先生的朋友，她來的目的據說是要請奎雷先生幫她畫像。

奎雷先生迷上了這位小姐，而她也全無拒絕的意思。在我看來，她實在太囂張了，不僅對奎雷夫人相當無禮，還公然與奎雷先生打情罵俏。

奎雷夫人自然不會對我說什麼，但我看得出她深受刺激，很不開心，我盡可能的分散她的注意力，好減輕她的負擔。葛里爾小姐每天都坐在那裡擺姿勢，但我發現畫的進展很慢，顯然那兩個人談的是其他話題！

所幸安吉拉沒發現蹊蹺，從某些角度來說，安吉拉的心智還很不成熟，儘管知識增長很快，卻還相當幼稚。不想讀的書連看都不看一眼，而且也不像同齡女孩對某些事那般好奇。因此，她絲毫看不出奎雷先生和葛里爾小姐暗通款曲。不過她討厭葛里爾小姐，覺得她很笨。這一點她倒沒錯，我猜想葛里爾小姐受過不錯的教育，但她從來不摸書本，對時下流行的文學引喻一竅不通。甚至連任何知識性的討論，都插不上嘴。她完全沉湎於自己的外表、衣著和男人當中。

我想，安吉拉並沒有注意到姐姐的不開心，那時她的洞察力還不夠強。她把大量的時間花在玩樂上，比如說爬樹、騎車、到處瞎逛等等。她還如饑似渴地閱讀，對書籍的喜好表現得很有品味。

奎雷夫人總是仔細地掩飾任何不高興的跡象，不讓安吉拉知道，並盡可能在她面前表現得興高采烈、神采飛揚。

葛里爾小姐回倫敦去了——那可真是大快人心哪！家裡的僕人也很不喜歡她。她這種人給別人添了無數麻煩，卻從不記得說聲謝謝。

奎雷先生很快就走了，我知道他一定是去追葛里爾小姐了。我真為奎雷夫人難過，這些事對她打擊很大。我尤其痛恨奎雷先生，有那麼溫柔優雅、儀態萬千又知書達理的妻子，竟然完全不知道珍惜。

不過，夫人和我都希望這件事能早早結束，倒不是因為我們兩個談過這件事——我們沒有——但夫人很清楚我對這件事的感受。

不幸的是，幾週後，他們倆又雙雙出現了，似乎打算繼續把畫畫完。

這次奎雷先生畫得如醉如癡，全心只想著繪畫，而不是眼前的女孩。不過我知道這次的戀情與往常不同，葛里爾小姐完全擄獲了奎雷先生的心，而且她不會善罷甘休，奎雷先生可說是任她擺布。

他死前的那一天，大家終於吵開了——那天是九月十九日。之前的幾天裡，葛里爾小姐的態度專橫自大，讓人很受不了。她已是成竹在胸，竭力想顯示自己的重要。奎雷夫人表現出大家風範，她很客氣，但仍很清楚地讓對方知道，自己並不喜歡她。

九月十七日那天，吃過午飯後我們都坐在客廳裡，葛里爾小姐口出狂言，竟然談到等她住在奧德堡時，會如何重新裝飾房子。奎雷夫人自然不會置之不理了，便質問她。葛里爾小姐居然有臉當眾宣布她就要和奎雷先生結婚了。她居然說要嫁給一個有婦之夫——而且是當著他妻子的面！

我對奎雷先生很不諒解，他怎能放任這丫頭侮辱他妻子，而且還是在自家的客廳裡！他若真想和葛里爾小姐走，和她私奔不就得了，壓根不該把她帶回家來，任她羞辱妻子。

無論心裡有多難受，奎雷夫人還是不失體面。剛好這時先生走進來了，她馬上問他艾莎說的是不是真話。葛里爾小姐的魯莽令他十分惱火，別的不說，這一下弄得他威風掃地，男人最討厭沒面子了。人高馬大的他站在那裡，卻像個犯錯的淘氣小學生一樣，不知所措的呆在當場。妻子給他來了個下馬威，他訥訥的表示是真的，但他並不希望她在這種情況下得知真相。

夫人鄙夷地看著他，這種神情我還是第一次看到，隨後她昂首挺胸走出門去。她非常美，比那個忝不知恥的丫頭漂亮十倍，走路的姿態像女王一般。

我多麼希望阿瑪斯・奎雷能遭到報應，他對這個長期蒙受苦難的高尚女人那麼殘忍，又給她帶來那麼大的恥辱。

我首次試著告訴夫人，我對先生這個人的看法，她卻制止了我。她說：「我們必須試著表現平常心，這是最好的辦法。我們該去默狄思家喝茶了。」於是我對她說：「我覺得你真了不起，夫人。」她答道：「你不明瞭……」她正要走出去，又回來親我，她說：「你給了我莫大的安慰。」

然後夫人便回自己房間了，我猜她哭了，因為他們大家一起出發時，我看到夫人戴了頂寬邊帽遮住自己的臉——她很少戴這頂帽子。

奎雷先生很不自在，但還是硬著頭皮撐著。菲利普．布萊克先生努力佯裝無事，而那位葛里爾小姐則一副小人得志、不可一世的樣子！

他們一起出發了，大約六點才回來。那天晚上我沒有機會與奎雷夫人相處，晚飯時她沒多說話，鎮定自若，她睡得挺早，沒有人知道她的心有多痛。

那天晚上，奎雷先生和安吉拉一直在吵嘴，吵的還是上學的老話題。奎雷先生心煩意亂，動不動就發火，安吉拉卻偏要惹他。上學的事已經安排妥當，她的服裝也都買好，根本沒必要再吵，但安吉拉突然開始抱怨。她一定是覺得氣氛不對，而受到了影響。我想我是太一廂情願了，所以我也沒去問安吉拉到底是不是這原因。總之，最後安吉拉把紙鎮丟向奎雷先生，然後衝出屋外。我追上她，嚴正的罵她說，這種行為只有三歲小孩才做得出來，但安吉拉的怒氣未消，我覺得最好還是讓她一個人待著。

我猶豫不決，不知該不該到奎雷夫人房裡去，但最後還是打定主意不去煩她。真希望當時我能克服膽怯的心理，堅持讓她和我談談。果真如此的話，情況就會大為改觀了。要知道，她沒有可以說知心話的對象。雖然我很欣賞擁有自制力的人，但自制過了頭也不是好事，能自然的宣洩感情才是健康的。

我回自己的房間時碰見了奎雷先生，他道了聲晚安，我連理都沒理他。

我記得第二天天氣很好，好到讓人覺得，在這樣平靜的日子醒來，人一定可以恢復理智。吃早飯前，我進了安吉拉的房間，發現她早已起床出去了。我拾起一件她扔在地上的破裙子帶下樓，想讓她吃完飯後補一補。

可是她早就從廚房拿了麵包和果醬出門了，我吃過飯後四處找她。我提這些是想說明，那天早上我為什麼沒有多陪夫人一下，因為當時我覺得我的任務是去找安吉拉。這小孩非常調皮，堅持不肯補衣服，而我並不想放水。

安吉拉的游泳衣不見了，所以我去海灘找她，可是在水裡、岩石上都見不到她的影子，我猜她可能到對岸默狄思家去了，他們倆是忘年之交。因此我便划船到對岸繼續找人，結果還是沒找到，最後只得返回。奎雷夫人、默狄思及菲利普·布萊克先生都坐在陽台上。

那天上午熱得要命，但房子和陽台上都有遮蔭。奎雷夫人建議大家喝點冰啤酒。

房子上面有一個維多利亞時代建的小溫室，奎雷夫人並不喜歡，所以沒拿來種什麼，而改成了酒吧。裡頭放有各種瓶裝的杜松子酒、苦艾酒、檸檬汁、薑啤等等，一架架排放著，還有一個小冰櫃，每天早上添滿冰塊，裡面裝了一些啤酒和薑啤。

奎雷夫人去那兒取啤酒，我跟著去了。安吉拉在冰櫃旁正取出一瓶酒來。奎雷夫人走在我前面。她說：「我想拿瓶酒給阿瑪斯送去。」

現在已經想不起當時我有沒有察覺到什麼了，我滿確定夫人的聲音聽起來完全正常，但我必須承認，那時我只把焦點放在安吉拉身上，而不是夫人。安吉拉站在冰櫃旁，紅著臉，一臉羞愧的樣子，我看了覺得頗為安慰。

我狠狠數落她一頓，奇怪的是，她竟然十分溫順。我問她去哪兒了，她說去游泳。我說：「我在沙灘上沒見到你呀。」她笑了。我又問她上衣呢，她說八成是忘在沙灘上。

我提到這些細節，是為了說明我為什麼讓奎雷夫人自己把啤酒送到砲兵園。

那天上午後來發生了什麼事，我實在記不得了。安吉拉取來針線，開始老老實實地補裙子，我記得自己也跟著補了一些簾子什麼的。奎雷先生沒來吃午飯，我暗自慶幸他至少還要點面子。

飯後奎雷夫人說要去砲兵園看看，我想去沙灘找安吉拉的上衣，便結伴而行。夫人進了花園，我則繼續向前走，突然間，她尖叫著叫我回去。接著，上次見面時我跟你講過，她又遣我回屋子裡打電話。我在半路上碰見了默狄思，便又折回來陪夫人。

以上是我接受詢問時，以及爾後出庭作證時所講的一切。

下面我將寫出一些從未向任何人透露過的事實，我對所有問題均誠實作答，然而我確實未盡述所有事實——這點我並不後悔，而且我將不惜再犯。我知道坦露這些事，也許會受譴責，但我覺得隨著時間的流逝，沒有人會再計較了——尤其是，即使我沒有提供證據，奎雷夫人也已被判罪了。

以下就是事情真相。

我遇見默狄思先生後（上文已提過），以最快的速度順小路往下跑。我穿的是便鞋，而且我的腳程一向很快。我來到砲兵園敞開的門邊，看見了以下一幕。

奎雷夫人正在桌上用手帕忙著擦啤酒瓶，擦完後，她抓起已死丈夫的手，在瓶上印下指紋。她一直在留心周遭的動靜，十分警覺，她那恐懼的神情，讓我明白了真相。

我當下便明白了，卡蘿琳・奎雷確實毒死了丈夫，然而我完全不怪她。是他欺人太甚，把人逼上絕路，這是報應。

我從來沒告訴夫人我看見了這一幕，她也一直不知道我目睹了一切。

卡蘿琳・奎雷的女兒千萬不能一輩子蒙在鼓裡，不管事實多傷她的心，了解真相還是最重要的。

請代我轉告她，別怪她母親，深情的她是被逼到走投無路的。她女兒應該理解她、原諒她。

05 安吉拉．沃倫的記述

親愛的白羅先生：

我依約將十六年前慘案發生之日，自己所能記得的一切都寫下來了。然而直到下筆時，才發現自己記得的太少，對案發之前的事，所知甚為貧乏。

我對那年夏季只剩一點模糊的印象，而且都是些不相干的片斷，我甚至想不起來究竟是哪個夏天發生的！阿瑪斯的死有如青天霹靂，我沒有任何心理準備，對悲劇發生的因由也毫無所覺。

我長久來一直在思索，我那樣算不算正常？難道一般十五歲女孩都像我那樣遲鈍而盲目嗎？也許吧。我想，年少的我能很快覺察別人的心情，卻從來懶得費神去弄清背後的原因。

另外，就在那段時間裡，我突然開始對文字著迷。我讀過的一些東西，如莎士比亞的詩章，常在我腦海中迴盪。我還記得自己沿著花園中的小徑漫步，如醉如癡地吟誦，那感覺太美妙了，我忍不住一遍一遍地複誦。

除了這些新發現、新感受外，我還玩一些從小就熱中的遊戲：游泳啦，爬樹啦，摘果子吃啦，跟馬僮打鬧啦，有時還去餵馬。

我不怎麼在意卡蘿琳和阿瑪斯，他們是我的生活中心，但我從未去細想他們的性格、他們的關係、他們在想什麼、心情又如何。

我沒注意艾莎·葛里爾究竟是什麼時候來的，我覺得她太笨，也不覺得她漂亮。我只把她看成是一個富有但令人討厭的女生，是來請阿瑪斯幫她畫像的。

事實上，我第一次知道這件事，是有天吃完午飯溜出去玩，居然在陽台上聽到艾莎說，她要嫁給阿瑪斯！我聽了後覺得太可笑了。我記得自己還為這件事找阿瑪斯對質。那是在漢十字莊園。我對他說：「艾莎怎麼說她要嫁給你？她別想。沒有人能娶兩個老婆，犯重婚罪是要坐牢的。」阿瑪斯氣呼呼地說：「見鬼，你怎麼聽見的？」

我說我在圖書室窗外聽見的。

他愈發生氣，說我早該上學去，早該改掉偷聽別人談話的習慣了。

我還記得聽完他的話後，我氣炸了，因為這太不公平了，簡直是豈有此理。我憤怒地嚷道我根本沒有偷聽——問題是，艾莎怎麼說出這種蠢話？

阿瑪斯說那只是開玩笑而已。

他的話按道理應該使我滿意，我也差不多信了。但還有點疑慮。

回家路上我對艾莎說：「我問阿瑪斯說，你說要嫁給他是什麼意思，他說是開玩笑的。」我覺得這是將她一軍，她卻只是笑而不答。

我不喜歡她的笑。我跑去卡蘿琳的房間，當時她正在梳妝準備吃晚餐。我直接了當的問她阿瑪斯可不可能娶艾莎。

卡蘿琳的答話如今還清清楚楚的在我耳邊迴響，她的語氣一定十分強硬。

「除非我死了，否則阿瑪斯休想娶艾莎。」她說。

我這下完全放心了。死亡離我們還遠著呢。不過，阿瑪斯下午說的話還是令我耿耿於懷，吃晚飯時我老跟他過不去，我記得我們大吵了一架，我衝出屋子，撲到自己床上號啕大哭直至入睡。

那天下午在默狄思家發生的事，我就不太記得了，但我的確記得他高聲誦讀了柏拉圖〈菲多篇〉中描繪蘇格拉底之死的段落。我覺得那是我聽過最美、最動人的詩篇。這些我都記得，但我不記得發生在什麼時候，現在回想起來，只覺什麼時候都有可能。

雖然我很努力去想，但第二天早上的事我也不記得了。我好像是去游泳了，好像還被叫去縫什麼東西。

記憶到這裡都很模糊，直到默狄思喘吁吁地上了陽台，他面色煞白，十分古怪。我記得有隻咖啡杯從桌上掉下去摔碎了——是艾莎弄的，我還記得她在跑，發瘋似的沿路跑下去，神情十分駭人。

我一遍一遍地對自己說：「阿瑪斯死了。」可是感覺很不真實。

我記得福賽特醫生來了，臉色非常沉重。威廉斯小姐忙著照顧卡蘿琳，我很寂寞，便到處亂晃，老是礙到別人的路。我覺得好難過，他們不讓我下去看阿瑪斯。警察陸續前來，在本子上做記錄，不久就把屍體放在擔架上，蓋上白布。

後來威廉斯小姐把我帶進卡蘿琳的房間，卡蘿琳坐在沙發上，臉色蒼白而憔悴。她吻吻我，說她希望我能盡快離開，事情太可怕了，但她要我別擔心，也盡可能不要去想。我得去翠西蓮夫人家和卡拉住在一起，因為這所房子要騰出來。

我緊抓著卡蘿琳說我不想走，想跟她在一起。她說她知道，但我最好還是離開，她可以少操許多心。威廉斯小姐也插話說：「安吉拉，你按姐姐說的去做，不要鬧，就是給她幫了最大的忙。」

於是我說，卡蘿琳叫我做什麼我都答應。卡蘿琳說：「這才是我親愛的安吉拉。」她抱著我說沒什麼好怕的，盡量少談、少想就行了。

我被叫下去和一個警長談話。他非常和藹，問我最後一次見到阿瑪斯是什麼時候，還問了許多看似沒什麼重點的問題，當然了，現在我明白他在問什麼了。他只是想證實，我知道的不比別人多而已。於是警長告訴威廉斯小姐，可以把我送到費里比莊園翠西蓮夫人家去了。

我去了那裡，翠西蓮夫人待我很好。但我很快就得知事實了，警方幾乎是立刻逮捕卡蘿琳的，我又驚又怕，就病倒了。

後來我得知卡蘿琳非常擔心我，在她的堅持下，我沒等開庭就被送出英國了，這些我已經跟你談過。

誠如你看到的，我能寫下的東西少得可憐。與你談過後，我努力搜索自己有限的記憶，挖掘印象中大家的表情或行為細節，但記不起有人像是犯了罪的樣子。艾莎的狂亂、默狄思慘白優柔的面容、菲利普的沉痛悲憤，似乎都很自然。不過我想，某人也許涉嫌其中吧？

我僅知道，卡蘿琳不是凶手。

這點我深信不疑，而且永遠不會動搖，但我拿不出別的證據，只能憑對她的了解而這樣以為。

第三部

Five Little Pigs

01／結論

卡拉．洛曼荃抬起眼，眼神滿是疲憊與痛苦，她用手疲倦地理理瀏海。

「這些真把人弄糊塗了。」她摸著那一大疊記述。「因為角度都不同，每個人眼中的媽媽都不一樣，但事實卻都相同，每個人對事實的態度都一致。」

「讀這些東西讓你灰心嗎？」

「是的。你難道不會嗎？」

「不，我發現這些記述很有價值，含有許多的訊息。」白羅若有所思地緩緩說。

「但願我從沒看過這些記述！」卡拉表示。

白羅盯著她說：「哦，原來你是這麼想的？」

「我還能怎麼想？你知道，我想過，我母親若不是凶手，那凶手一定是這五個人中的一位。我甚至還做過推論。」

「哦，挺有意思的，說說看吧。」

「不過，只是推斷而已。比如說，菲利普．布萊克。他是證券經紀人，是我父親最要好的朋友，我父親也許託他理財。藝術家一般對錢都不太在意，也許菲利普周轉不靈，挪用我父親的錢。他說不定騙我父親簽了什麼字，也許事情就快瞞不住了——唯有我父親的死，才能替他解圍。這是我想到的一種解釋。」

「想像力很不錯嘛。還有呢？」

「哦，是艾莎。菲利普說她太精明，不可能去偷毒藥，但我不信。假設我母親去跟她說她絕不與我父親離婚。我不知你怎麼想，但我覺得艾莎很要面子，她想要堂堂正正地結婚。因此很有可能去偷藥——那天下午她一樣有機會，也許是想毒死我母親，除去心頭之患。我認為這很符合艾莎的性格，可是後來陰錯陽差，毒死了我父親。」

「這個推理也不錯。還有呢？」

「嗯，我想過，也許是——默狄思！」卡拉一字字地說。

「呵，默狄思．布萊克？」

「是的。我覺得他看起來就很有當凶手的潛力。我的意思是，他老是優柔寡斷，別人都取笑他，或許他心底恨透了。另外，我父親娶走了他想娶的女人，而且我父親既成功又有錢。於是他就製造各種毒藥！也許他製藥的目的是想伺機殺人，他嚷嚷說毒藥被偷，以轉移大家對他的懷疑，但他自己拿藥的可能性卻比任何人都大。他甚至可能希望卡蘿琳被絞死

——因為她曾拒絕他的求愛。我覺得他的記述很有問題，說什麼人們常常幹出與性格不符的事。要是他寫這些指的是自己呢？」

白羅表示：「至少這點你是對的。寫下來的東西未必真實，有可能是要故意誤導。」

「嗯，我知道，我一直提醒自己。」

「還有其他想法嗎？」

卡拉緩緩地說：「我懷疑過威廉斯小姐（在讀她的記述之前）。你知道，安吉拉一上學她就丟飯碗了，若是爸爸暴死，安吉拉很可能不用去學校——我指的是像自然死亡。我想，若是默狄思沒有發現丟失毒芹鹼的話，要做到那樣並不難。我查過毒芹鹼的資料，據稱死亡時並無顯著特徵，也許會被當成是中暑死亡的。我知道啦，怕丟工作這個殺人動機太過薄弱，但許多謀殺案不也都出於一些荒謬而可笑的原因嗎？有時只為了一點小錢而已。說不定能力差的中年女家教，會因為丟掉工作而對未來惶然不安。我說過，這是我看完她的記述前的猜測。但威廉斯小姐根本不像那種人，她似乎非常幹練——」

「對。至今她依然精力充沛、頭腦清晰。」

「我知道，看得出來，而且她似乎也很值得信賴，所以我才會這麼懊惱。噢，你明白的，當然了，你並不介意，你早就表明了你要的是事實而已。我猜我們已弄清真相了！威廉斯小姐說得對，人必須接受事實，只因希望謊言是真的，而一輩子活在謊言當中，並沒有好處。好吧——我可以接受事實！我母親不是無辜的！她寫那封信給我，是因為她懦弱悲傷，不希望我痛苦。我不對她做任何評判，換作是我，也許我也會這麼做。我不知道牢獄生涯會對人產生什麼影響，但我也不會責備她——她會對我父親那樣也是沒辦法的事。我也不怪我父親，我大概略知他的感受，他那麼精力充沛，想要得到一切……那是沒辦法的事，他生性如此啊！他是個偉大的畫家，很多事不能怪他。」

她轉頭看著白羅，臉脹得通紅，下巴微微地向上揚著。

「這樣——你感到滿意了嗎？」白羅問。

「滿意？」卡拉．洛曼荃啞然失聲。

白羅靠過去，慈愛地拍拍她的肩膀。

「聽我說，」他說，「你在最值得戰鬥的時刻打退堂鼓了。我對當年真正發生的事，此刻卻有了很好的解釋。」

卡拉緊盯著他說：「威廉斯小姐很喜愛我母親，她親眼看見她偽造自殺證據，要是你相信她——」

白羅站起身說：「小姐，正因為威廉斯小姐說她看見令堂在酒瓶上偽造阿瑪斯的指紋——記住，是在酒瓶上——光憑這一點，我就可以肯定地告訴你，令堂並沒有毒死令尊。」

他點了幾下頭就走出門了，留下卡拉驚愕不已地盯著他的背影。

02 白羅提出五個問題

「如何，白羅先生？」菲利普．布萊克的聲音顯得不太耐煩。

白羅答道：「我得感謝你為奎雷一案做出詳實的記述，令人可佩之至。」

菲利普似乎極不自在。

「承蒙誇獎。」他低聲說，「實在令人吃驚，一動筆才發現自己居然記得那麼多。」

「寫得非常詳細，但有些地方省略掉了，對吧？」白羅說。

「省略？」菲利普皺皺眉。

「這麼說吧，你並沒完全說實話。」白羅的語氣變得強硬起來。「布萊克先生，我聽說那年夏天某天夜裡，有人看見奎雷夫人從你房裡出來。」

對方沒答腔，呼吸卻變得粗重起來。最後菲利普問道：「誰告訴你的？」

白羅搖搖頭。

「誰說的無所謂，問題是，我知道了。」

又是一片沉寂。菲利普．布萊克痛下決心地說：「你不小心問到我的個人隱私了。沒錯，這和我寫的東西有些出入，但並不是像你想像的那樣，看來現在我必須告訴你真相了。

「我確實對卡蘿琳．奎雷充滿憎恨，但同時又深深地迷戀著她。也許是因愛而生恨吧，我恨她的魅力，竭力想揪住她的缺點，來抵銷她的好。我沒喜歡過她，卻無時無刻不愛著她。我從小就愛上了她，只是她對我從不在意，令我無法釋懷。

「當阿瑪斯被那個女孩迷得暈頭轉向時，我的機會到了。我向卡蘿琳示愛後，她平靜地回答說：『是的，我向來就知道。』態度傲慢極了！

「我當然知道她不愛我，但我看出阿瑪斯的熱戀對她打擊很深，此時最容易贏取女人的芳心。卡蘿琳答應那天夜裡來找我，而她真的來了。」

布萊克停住了，覺得話很難啟口。

「她走進我房間，當我用雙臂緊緊擁住她時，她卻冷冷地說這樣不妥！她說，她是個從一而終的女人，無論阿瑪斯是好是壞，她都屬於他。她坦承自己對我不好，但她沒有辦法。卡蘿琳求我寬恕她。

「然後她就走了。她就這樣走了！我對她的恨頓時加深百倍。這樣你還會奇怪為什麼我不肯原諒她了嗎？因為她羞辱我——而且還殺死了我至愛的朋友！」

菲利普．布萊克渾身顫抖，大聲吼道：「我不想談這些，你聽見了嗎？你已經得到答覆了，快走吧！不要對我再提起這件事了！」

§

「默狄思．布萊克先生，我想知道，那天客人離開你實驗室時的先後順序。」

默狄思反駁說：「親愛的白羅先生，都過去十六年了，我怎麼可能還記得？我說過卡蘿琳是最後一個出來的。」

「你能肯定嗎？」

「是的——至少，我想是這樣的……」

「我們一起去看看吧，一定得確定才行。」

默狄思一邊帶路，一邊嘴裡還在反駁。他開了鎖，取下門栓。白羅嚴正地說：「那好，朋友，想像你剛剛帶客人參觀過藥草，現在請閉上眼睛想一想——」

默狄思順從地閉上眼睛，白羅從口袋裡取出一條手絹，輕輕的來回晃動。布萊克鼻翼微顫，喃喃說道：「是的，是的——真神奇哪，怎麼都想起來了。我記得卡蘿琳穿了件淡棕色的衣服，菲利普一副很無聊的樣子……他一向覺得我的興趣沒什麼意思。」

白羅說：「想想你正要離開屋子，要去圖書室讀那段描繪蘇格拉底之死的詩篇，誰先離開實驗室——是你嗎？」

「是我和艾莎——對。她先出門，我緊跟在後。我們在說話，我站著等其他人出來後再鎖門。菲利普——對，接著出來的是菲利普。還有安吉拉，她在問他什麼是公牛、什麼是熊。他們沿大廳繼續往前走，阿瑪斯跟在後面。我還站在那裡，當然是為了等卡蘿琳。」

「這麼說，你相當確定卡蘿琳留在後面囉？你看見她在做什麼了嗎？」

布萊克搖搖頭。

「沒有，當時我背對著實驗室在和艾莎說話——我想她一定聽得很沒趣——我告訴她，按古老的迷信，有些植物得在滿月時才能採摘。接著卡蘿琳出來了，有點匆忙……然後我就鎖門了。」

他停下來看著白羅，白羅正將手絹收回口袋裡。默狄思不屑地想：「喲，這傢伙竟然還擦香水呢！」他大聲說道：「我很確定次序就是這樣的，艾莎，我自己，菲利普，安吉拉和卡蘿琳。這對你有幫助嗎？」

白羅表示：「完全吻合。聽我說，我想在這裡開個會，我想，應該不會很困難吧……」

§

「如何呀？」艾莎·戴蒂罕急急地問，像個孩子似的。

「我想問你一個問題，夫人。」

「什麼問題？」

白羅說：「事情結束後——我是指審判結束後，默狄思．布萊克曾向你求婚嗎？」

艾莎瞪大了眼睛，她的神色不無鄙夷，似乎又興味索然。

「有啊……他求過婚。怎麼啦？」

「你感到意外嗎？」

「我嗎？記不得了。」

「那你怎麼回答呢？」

艾莎大笑。她說：「你覺得我能說什麼？讓默狄思來代替阿瑪斯？太可笑了！他真蠢，一向就不聰明。」她突然微笑著說：「你知道嗎，他想要保護我、要『照顧我』，他是這麼說的！他和別人一樣，覺得訴訟過程、記者、抨擊我的群眾，以及對我的種種攻訐，對我是極大的折磨。」她悶悶不樂地沉思片刻，然後說：「可憐的老默狄思！簡直像頭笨驢！」

說罷又大笑起來。

§

白羅再度面對威廉斯小姐精明而犀利的目光，又一次感到時光倒流，自己彷彿變成了一個溫順而怯生生的小男孩。

他解釋說，自己有個問題想請教。威廉斯小姐嚴肅的表示願意聽聽看。

白羅仔細推敲了一下措辭後，緩緩說道：「安吉拉．沃倫很小就受傷了。我的記錄中有兩種不同的說法，一說奎雷夫人把一方紙鎮砸向嬰兒．另一說是她用鐵棍打那孩子。哪一種說法正確？」

威廉斯小姐堅定地說：「我從沒聽說過什麼鐵棍，是用紙鎮沒錯。」

「誰跟你說的？」

「安吉拉自己，她很早就主動跟我提了。」

「她具體是怎麼說的？」

「她摸著臉頰對我說：『是小時候卡蘿琳弄的。她把一個紙鎮向我砸過來。你永遠都別提好嗎，因為她會感到非常非常不安。』」

「奎雷夫人有沒有向你提過？」

「只隱約提到一點，她猜我知道。我記得有一次她說：『我知道你覺得我太寵安吉拉。但是你知道，我總覺得無論怎麼做，都無法彌補我對她的傷害。』還有一次她說：『造成別人終生殘廢，是一個人最沉重的負擔。』」

「謝謝你，威廉斯小姐。我想知道的就是這些。」

西莉亞．威廉斯直接了當地問：「我實在不了解你啊，白羅先生。我的記述你拿給卡拉看了嗎？」

白羅點點頭。

「但你還是——」她沒再往下說。

白羅說：「請想想吧。假如你經過一家魚店，看見砧板上擺著十二條魚，你會覺得牠們都是真魚，是吧？可是也許其中有一條是魚皮製成的標本哩。」

威廉斯小姐回說：「不太可能吧，而且——」

「啊，的確是不太可能，但，並不是絕不可能。因為我有位朋友曾拿一條標本魚跟活魚做比較（他是魚商）！如果你在十二月，在人家客廳裡看到一缸櫻納思魚，你一定會說是假的——但它們很可能是從巴格達空運而來的活魚。」

「你講這些話到底是何用意？」威廉斯小姐問。

「是要告訴你，唯有心靈的眼睛才能真正看得清楚……」

§

白羅來到一大片俯瞰攝政王公園的公寓時，將腳步放緩下來。

真要說起來，他其實並不想問安吉拉．沃倫任何問題，他唯一想問的問題，可以等到……不，促使他來這裡的，其實只為了公平起見。五個人，應該有五個問題！這樣才圓滿，才周全。總之，他得擠出一點什麼東西。

安吉拉．沃倫殷切地和他打招呼。她說：「你發現什麼了嗎？有沒有進展？」

白羅點頭如搗蒜地說：「終於有進展啦。」

「是菲利普．布萊克嗎？」語氣既像是肯定又像在詢問。

「小姐啊，目前我什麼都不想說，時機尚未成熟。我想問你的是，你能不能賞個臉，去一趟漢十字莊園，其他人都同意去了。」

她眉頭微蹙說：「你打算做什麼？重現十六年前發生的事？」

「也許是從更清晰的角度去解讀吧。你願意去嗎？」

安吉拉．沃倫慢慢說道：「嗯，我去。再次見到他們大家，一定很有意思，也許我現在看他們的角度（按你所說的）會更清楚些。」

「能帶著你給我看過的那封信去嗎？」

安吉拉．沃倫鎖緊眉頭。

「信是我私人的，拿給你看自有我的理由，不過，我不想讓不熟識或是缺乏同情心的人讀它。」

「這次能不能按我的話做？」

「不行，但我會把信帶著，到時看情形而定，我相信自己的判斷力不會比你差。」

白羅攤攤手，示意告辭，他起身準備離去，說道：「能允許我問一個小問題嗎？」

「什麼問題？」

「悲劇發生前，你是否剛剛讀過毛姆的《月亮和六便士》？」

安吉拉瞪著他，然後說道：「我想——啊，對啊，是的。」她看著他，顯然十分詫異。

「你怎麼知道？」

「我只是想讓你知道，小姐，即使在微不足道的小事上，我也能展現神技，很多事不必別人告訴我，我就知道了。」

03 重建事實

午後的陽光灑進漢十字莊園的實驗室，屋裡搬來了一些安樂椅和長椅，卻使實驗室顯得愈發空曠。

默狄思．布萊克揪著鬍子，有些尷尬的跟卡拉有一搭沒一搭地聊著，有一度他突然說：「親愛的，你很像你母親——但又有些不像。」

「哪裡像，哪裡不像？」卡拉問。

「膚色像，走路的樣子也差不多，但你——怎麼說呢，比她積極得多。」

菲利普．布萊克眉頭緊鎖，緊盯著窗外，手不停地敲著窗玻璃。他說：「坐在這兒有什麼意思？這麼晴朗的週六下午——」

白羅趕忙安撫他說：「唉呀，真抱歉，我知道，害你沒辦法打高爾夫球了。但是布萊克先生，你至交好友的女兒就在這裡，為了她，你就通融一下，好嗎？」

「沃倫小姐到。」管家通報道。

默狄思上前迎接，他說：「你能抽空來太好了，安吉拉。我知道你很忙。」

他領著安吉拉來到窗邊。卡拉說：「你好，安吉拉阿姨。今天早上我讀了你發表在《紐約時報》上的文章，有個了不起的阿姨真棒。」她指著一名年輕高大，眼神鎮定沉穩的方臉男子說：「這是約翰．拉特里。我們倆打算——結婚。」

「哦！我還不知道呢……」安吉拉．沃倫說。

默狄思去迎接下一位客人。

「威廉斯小姐，好多年沒見了。」

年長的家庭教師走進屋來，她瘦弱不堪，卻仍十分堅毅。她看了白羅一眼，若有所思，接著目光就落在穿著花呢套裝、寬肩高挑的那位女子身上了。

安吉拉．沃倫過來笑著招呼她說：「我好像又回到學生時代了。」

「親愛的，我為你感到光榮。」威廉斯小姐回答說，「你為我掙足了面子。這是卡拉嗎？她記不得我了，那時她還太小……」

菲利普．布萊克心煩意亂地說：「這是幹嘛呀？沒有人告訴我——」

白羅說：「我個人稱之為——漫遊往昔。大家都請坐吧，最後一名客人到了我們就開始。等她一來，我們就切入正題——讓鬼魂顯靈。」

「別胡鬧了，你不是要開降靈會吧？」菲利普叫道。

「不，不是。我們只是要討論一下很久以前發生的一些事——討論一下，也許能把事情的來龍去脈弄得更清楚些。至於鬼魂嘛，他們不會現形。但誰知道他們是不是真的不在屋裡呢？雖然我們看不見，誰能斷定阿瑪斯跟卡蘿琳不在這裡聆聽我們說話呢？」

菲利普說：「簡直是胡扯——」

說了一半他就停住了。門開了，管家通報戴蒂罕夫人到。

艾莎．戴蒂罕走了進來，臉上帶著慣有的傲慢冷漠。她對默狄思淡淡一笑，冷冷盯著安吉拉和菲利普，然後走到窗邊離眾人較遠的椅子上坐下來。她鬆開脖子上的深灰色毛領，任其垂落到背上。她的目光在屋裡搜尋了一兩分鐘，然後落在卡拉身上，卡拉也看著她，打量著這個給父母帶來災厄的女子。卡拉年輕而真誠的臉上並無憎恨，只是充滿了好奇。艾莎說：「真抱歉，我是不是來晚了，白羅先生？」

「您能賞光真是太好了，夫人。」

西莉亞．威廉斯輕輕地哼了一聲，艾莎看到她仇視的目光，卻置之不理。她說：「我幾乎認不出你了，安吉拉。過多少年了？十六年了？」

白羅抓住時機插話道：「是的，我們要討論的這件事，發生至今，已經十六年了。首先請容我說明今天眾人在此相聚的原因。」

他用寥寥數語將卡拉怎樣請求他，他又如何接受委託的事講一遍。

他說得很快，根本不在意菲利普凝重的臉色，以及默狄思既震驚又鄙夷的表情。

「我接受了委託——便開始著手調查真相。」

卡拉．洛曼荃坐在大安樂椅裡，遠遠、模模糊糊地聽著白羅說話。她用手蒙住眼睛，從指縫間偷瞄這五張臉。她能否看出凶手是誰？古怪的艾莎？脹紅臉的菲利普？和藹可親又善良的默狄思？陰鬱凶悍的女家教？或是冷靜能幹的安吉拉．沃倫？

她若拚命想的話，能不能想出其中一個人殺人的模樣？有可能吧，但手法一定不會是下毒。她可以想像菲利普狂怒下把人掐死的樣子——對，這想像得出來；她還能想像默狄思拿著手槍威脅闖空門的賊，結果一不小心槍枝走火了；想像安吉拉．沃倫，她若要殺人，應該也是用槍，但不會是槍枝走火。這種臆測不涉及個人情感，這樣才不致脫軌！至於艾莎嘛，則是坐在某座華麗城堡中的絲製長椅上，命令道：「把那個賤貨扔到牆外去！」她的想像天馬行空……但即便是最荒誕的幻想，也想像不出威廉斯小姐會殺人！她腦裡閃出一幅荒誕不經的畫面：「你殺過人嗎，威廉斯小姐？」「繼續做你的算術題，卡拉，別問些傻問題。殺人是邪惡的。」卡拉想：「我一定是有病——停止啊！聽著，你這個傻瓜，聽聽那個矮個子在說什麼，他說他什麼都知道。」

白羅正在說話。

「這就是我的職責，踏上倒轉的車輪，回到過去，弄清到底發生了什麼事。」

菲利普說：「我們全都知道發生了什麼事，歪曲事實就是詐騙——沒錯，無恥的詐騙，你就是想靠欺騙的手法，騙這女孩的錢。」

白羅按捺住火氣說：「你說，我們全都知道發生了什麼事，這種說法實在有欠考慮。對特定證據的解讀，就算已被接受了，也未必是真的。拿你為例，菲利普・布萊克先生，眾人皆知你痛恨卡蘿琳・奎雷，但只要稍懂心理學，就會立刻明白事實是恰恰相反的。你一直被卡蘿琳・奎雷深深吸引，你厭惡這項事實，而拚命否認，一再向自己強調卡蘿琳的種種缺失，重申自己對她的厭惡。同理，默狄思・布萊克先生多年來一直愛慕卡蘿琳，他在自己那一份記述中提到，阿瑪斯對待卡蘿琳的方式令他十分反感，但細讀後，你會發現當畢生的投注得不到半點回報後，他的愛終於枯竭了，當時占據他心靈的是美麗的艾莎・葛里爾。」

默狄思慌忙辯解，戴蒂罕夫人則笑了。

白羅繼續說道：「我提這些事只是想說明，所謂的事實未必真確，雖然它們與真相必有一定的聯繫。好，現在我就開始來回顧往昔，發掘我對這個慘案所知的一切。我會跟大家說明我是如何調查的。我跟卡蘿琳・奎雷的辯護律師、法官、對奎雷家庭十分了解的老律師、當時出庭的訴訟律師的書記員，以及負責調查本案的警官等人一一談過，最後找出五位在場的證人。我透過這五位人士，得出一個畫面——一個女人的合成畫面，而得知以下事實：

「卡蘿琳・奎雷從未申辯自己是無辜的（只有在寫給女兒的信件中提及過）。卡蘿琳・奎雷在被告席上毫無所懼，事實上，她表現得事不關己，從頭到尾徹底採取失敗者的態度。她在獄中十分安靜沉著，罪刑判定後，立即寫信給其妹，表明自己是被命運擊倒的。每位和我談過話的人都一致認定，卡蘿琳・奎雷有罪（僅有一位例外）。」

菲利普·布萊克點頭說：「她當然有罪！」

白羅表示：「但我不會輕易接受別人的判定，我必須親自檢驗證據和事實，確定做案心理與事實相符，否則我是不會安心的。為此我仔細地翻閱了警方的卷宗，還成功地使在場的五位人士幫我寫下個人對本案的回憶。這些記述極具價值，因為其中包含了一些卷宗中找不到的資料，也就是說：一、某些從警方看來並不相干的談話與事件；二、個人對卡蘿琳·奎雷的看法（這些不會被採為合法證據）；三、一些蓄意對警察隱瞞的事實。

「現在我要來自行斷案了。卡蘿琳·奎雷的做案動機充分，似乎是不言而喻。她深愛丈夫，阿瑪斯卻公開承認要遺棄她，與另一個女人走，而且卡蘿琳也自承嫉妒心強。

「再看看做案手法。警方在卡蘿琳的臥室抽屜中找到一個空的香水瓶，其中曾裝過毒芹鹼，上面只留有她的指紋。警察詢問時，她承認是從這間屋子拿走的，這裡的毒芹鹼瓶上也留有她的指紋。我就那天五個人離開實驗室的次序問過默狄思·布萊克先生，因為我覺得，任何人都很難在五人共處一室時，當著大家的面把藥偷走。他們離開的次序是──艾莎·葛里爾，默狄思·布萊克，安吉拉·沃倫和菲利普·布萊克，阿瑪斯·奎雷，最後是卡蘿琳·奎雷。而且默狄思在等奎雷夫人出來時，是背對屋子的，因此無法看見奎雷夫人在做什麼。也就是說，她有大好機會。於是我相信奎雷夫人確實偷了毒芹鹼，這一點我還得到了間接證明。那天默狄思·布萊克先生對我說：『記得那天我站在這裡，聞見窗外飄來的茉莉花香。』當時正值九月，窗外的茉莉花早已開盡，一般茉莉花期在六、七月，而在奎雷夫人房中找到裝毒藥的香水瓶原是裝茉莉香水的。因此我肯定，奎雷夫人在決定偷毒芹鹼後，偷偷倒掉香水瓶裡的香水。

「後來我又測試了一次，請默狄思閉上眼睛試著回憶離開實驗室的順序。他聞到茉莉花香後，馬上就想起來了，氣味對我們影響之大，一般人是料不到的。

「現在說到那個致命的上午。到目前為止，大家對事實都沒有異議——葛里爾小姐突然抖出她和奎雷先生打算結婚的事，阿瑪斯也證實了她的話，卡蘿琳．奎雷十分沮喪。這些都不是從一個證人那裡得來的，而是大家公認的。

「第二天早上，奎雷夫婦在圖書室裡發生爭執。先是有人聽見卡蘿琳．奎雷憤憤地說：『你和你那些女人！』接著她又說：『總有一天我要殺了你。』菲利普．布萊克在大廳裡聽見，而葛里爾小姐則是在外面陽台上聽見的。接著她聽到奎雷先生勸妻子理智些，奎雷夫人答道：『在你和那女孩離開前，我就會殺了你。』不久阿瑪斯走出來催艾莎．葛里爾下去擺好姿勢，她拿了件上衣和他下去了。

「到此為止，從心理學角度來看都對，每個人的行為都在意料之中。但下面就有矛盾了。

「默狄思．布萊克發現丟了東西，打電話給其弟；他們在岸邊相遇一起向上走，路過砲兵園時，卡蘿琳正在跟丈夫討論安吉拉上學的事。這讓我覺得很奇怪，夫妻倆剛剛才吵得不可開交，做妻子的明明威脅要殺對方，可是二十分鐘後，她竟然跑下去和他爭論一件芝麻大小的瑣事。」

白羅看著默狄思・布萊克。

「你把不小心聽到的內容都寫在記述中了，『事情都決定了，我會幫她收拾東西』，是嗎？」

「差不多吧——是的。」默狄思・布萊克說。

白羅又轉向菲利普。

「你記得的也一樣嗎？」

菲利普一皺眉。

「你不說我還想不起來——現在記起來了。是有談到收拾東西的事！」

「是奎雷先生說的——而不是奎雷夫人說的嗎？」

「是阿瑪斯說的。我只聽見卡蘿琳說什麼這樣對安吉拉來說太殘忍了。其實有什麼關係嘛？我們都知道安吉拉過一兩天就要上學去了。」

「你沒聽懂我的意思。為什麼是阿瑪斯替安吉拉收拾行裝？太奇怪了吧！家裡有奎雷夫人、威廉斯小姐，還有一名女僕，整理行裝是女人家的事，不是男人做的。」

菲利普・布萊克不耐煩地說：「那有什麼關係？這跟案件沒有任何關聯啊。」

「你覺得沒有嗎？對我來說，這是第一個重要的暗示，很快還會有別的暗示出現。絕望、心碎的奎雷夫人，剛剛還在威脅丈夫，而且一定有了自殺或謀殺的念頭，現在卻以最關心的方式表示要幫丈夫拿一些冰啤酒下來。」

默狄思慢慢地說：「倘若她打算殺人，就不奇怪了。她一定是這樣打算的，那只是種障眼法！」

「你這麼認為嗎？她已決心毒死丈夫，毒藥也已弄到手了。她老公在砲兵園裡儲存了一些啤酒，卡蘿琳要是夠聰明的話，一定是趁四下無人時，把藥下在溫室中的酒瓶裡。」

默狄思．布萊克反駁說：「她不能那樣做，也許別人會喝到。」

「對呀，艾莎．葛里爾可能會喝到。她都決定毒死丈夫了，還會在乎毒死她的情敵嗎？不過我們先不必爭論，還是專注在事實本身吧。卡蘿琳說要幫丈夫送冰啤酒下來。她回到屋裡，從溫室裡取了一瓶送過去，並幫他斟滿遞給他喝。

「阿瑪斯．奎雷一飲而盡，說：『今天喝什麼都難喝。』奎雷夫人又回屋去了。她用了午餐，看上去和平常沒什麼兩樣。據說她有點著急、心不在焉，這類描述幫助不大——因為凶手的行為通常沒有衡量標準，有的凶手十分平靜，有的卻興奮過度。

「吃過午飯後卡蘿琳又去了砲兵園，她發現丈夫死了，她的行為顯然也在意料之中，她壓制自己的情緒，派家教去打電話叫醫生。現在我要說到的一點是以前鮮為人知的。」他看了一眼威廉斯小姐。「你不反對吧？」

威廉斯小姐面色蒼白，她說：「我不曾要求你保密。」

白羅平靜地複述了一遍家庭教師所見的一幕，眾人一陣譁然。

艾莎．戴蒂罕挪動了一下身子。她盯著坐在巨大安樂椅裡的乾瘦老婦，萬分詫異地問：

「你真的看見她這麼做了嗎？」

菲利普．布萊克一躍而起。

「這不就得了！」他叫道，「案子這下全釐清了。」

「不見得。」白羅不動聲色地看著他說。

安吉拉．沃倫乾脆地說：「我不相信。」她掃了一眼瘦小的家教，眼中閃過一絲敵意。

默狄思．布萊克揪著鬍子，臉色陰鬱。只有威廉斯小姐不動聲色，坐得筆直，臉頰泛著紅暈。

「是我親眼看見的。」她說。

「當然了，那只是你的說法……」白羅緩緩說。

「是我的說法沒錯。」她倔強的灰眼睛迎上白羅的目光。「白羅先生，我不習慣我說的話受到懷疑。」

白羅點點頭說：「我沒懷疑你的話，威廉斯小姐。你說確有其事——正因為你看到了這一幕，我才發覺卡蘿琳．奎雷是無辜的——她根本不可能犯罪。」

那個高個子、滿臉急切的年輕人約翰．拉特里第一次開口了。他說：「我很想知道為什麼你這麼說，白羅先生。」

白羅轉向他說：「當然，我會告訴你的。威廉斯小姐看到的情形是——她看見卡蘿琳．奎雷非常仔細、非常急切地擦去指紋，然後把死去丈夫的指紋印到酒瓶上。注意，是在啤酒瓶上，但毒芹鹼是下在酒杯裡——根本不在啤酒瓶裡。警察在酒瓶裡根本沒有找到毒藥，瓶裡從未有過毒芹鹼，但卡蘿琳．奎雷壓根不知道。

「這位公認毒死丈夫的女人，卻不知道他是如何被毒死的。她以為毒藥下在酒瓶裡。」

默狄思反駁說：「可是為什麼——」

白羅立刻打斷他說：「對，為什麼？為什麼卡蘿琳．奎雷如此處心積慮的想證明阿瑪斯是自殺的？答案一定非常簡單，因為她知道凶手是誰，她寧可承受一切，而不願讓凶手受到懷疑。

「答案就快揭曉了。那人會是誰呢？卡蘿琳會袒護菲利普．布萊克嗎？或者默狄思？還是艾莎．葛里爾？西莉亞．威廉斯？都不是，只有一個人她會不惜代價去保護。」他稍作停頓，接著說道：「沃倫小姐，如果你帶了令姐給你的最後一封信，我希望你能朗讀一下。」

安吉拉．沃倫回答說：「不行。」

「可是，沃倫小姐——」

安吉拉站起來，以堅毅冷峻的聲音說。

「我知道你在暗示什麼，你是說，我殺了阿瑪斯，而被我姐姐知道，是嗎？我完全否認你的指控。」

「那信……」

「那信是給我一個人看的。」

白羅往兩名年輕人坐的地方看了看。

卡拉．洛曼荃叫道：「安吉拉阿姨，求你按白羅先生說的做吧。」

安吉拉．沃倫憤憤地說：「天哪，卡拉！你難道一點也不顧尊嚴嗎？她是你的母親呀……你……」

卡拉的聲音清晰而嚴厲。

「是的，她是我母親。所以我才有權要求你，我是在替她說話，希望能讀那封信。」

安吉拉．沃倫緩緩地從袋子裡取出信交給白羅，她十分不悅地說：「真希望沒拿給你看過。」

她轉過身看著窗外。

白羅唸著卡蘿琳．奎雷的最後一封信，這時屋子角落裡的陰氣似乎愈來愈重了。卡拉忽然覺得屋裡有個人的形影在漸漸匯攏，在聆聽，在呼吸，在等待。她想：「她在這裡——我媽媽在這裡。卡蘿琳——卡蘿琳．奎雷就在這屋裡！」

白羅的聲音戛然而止，他說：「我想你們都會覺得這封信寫得很感人，也寫得很美，但它真是一封絕妙的信，因為其中有一個明顯的遺漏——寫信的人並未幫自己脫罪。」

安吉拉．沃倫頭也不回地說：「沒那個必要。」

「對，沃倫小姐，是沒有必要。卡蘿琳．奎雷沒有必要告訴妹妹她是無辜的——因為她覺得妹妹早已知道這個事實，再清楚不過了。卡蘿琳．奎雷只在意如何去安慰安吉拉，別讓她說出真相。卡蘿琳一再重複——沒什麼，親愛的，真的沒什麼。」

安吉拉．沃倫答道：「你難道不懂嗎？她是希望我過得快樂，僅此而已。」

「是的，她希望你能幸福，這點非常清楚，這是她最放不下的。她有個孩子，但她想到的不是孩子，是後來才想到的。不，她全心全意只想到妹妹。她必須安撫妹妹，鼓勵她活出自己，做個快樂而成功的人，妹妹才不會因姐姐代她受過，而自責太深，卡蘿琳用了一句意味深長的話：『欠債總得要還的。』

「這句話說明了一切。這裡的『債』顯然指卡蘿琳在少年時，狂怒下以紙鎮擲傷幼妹，致使其終身破相，這使她背負多年的心結。現在她終於找到補贖的機會了。說到『安慰』，我想告訴大家，我相信卡蘿琳在贖罪後，確實獲得了前所未有的平靜。由於她相信自己是在做補贖，因此審訊與判罪都無法傷她於分毫。這樣形容一個殺人犯也許很詭異——但卡蘿琳確實是很快樂的。是的，而且超乎我們的想像，待會兒我會進一步說明。

「從這個角度去解釋，卡蘿琳的反應就顯得合情合理了，讓我們從她的觀點來解讀發生的一連串事件吧。先從事發前一天晚上開始，有件事讓她回想起自己狂放不羈的少女時代——安吉拉拿紙鎮砸向阿瑪斯．奎雷。別忘了，她自己在許多年前也幹過同樣的事。安吉拉破口大罵，咒阿瑪斯去死。接著，第二天早上卡蘿琳去溫室，發現安吉拉正在擺弄啤酒。還記得威廉斯小姐的話嗎？『安吉拉站在冰櫃旁，一臉羞愧的樣子……』威廉斯小姐指的是安吉拉因逃學而羞愧，但對卡蘿琳來說，安吉拉的羞愧，是因為不經意被撞見，其意義大不相同。還記得在這之前，安吉拉曾不止一次的在阿瑪斯的酒裡放東西，卡蘿琳也許立刻就想到了這點。

「卡蘿琳把安吉拉交給她的酒送到砲兵園，倒好酒後遞給阿瑪斯，他一飲而盡，做了個鬼臉，說了一句意味深長的話：『今天喝什麼都難喝。』

「當時卡蘿琳並未起疑——但是午飯後，她走到砲兵園時發現阿瑪斯死了——她知道阿瑪斯一定是被毒死的。既然凶手不是她，那會是誰呢？整件事在她腦海中閃過——安吉拉的威脅，安吉拉在啤酒瓶邊探頭探腦，被撞見時的羞愧，羞愧，羞愧……這孩子為什麼這麼做？想報復阿瑪斯嗎？也許不是故意想殺他，只是想讓他病倒或嘔吐？或者是為了姐姐？妹妹是否意識到阿瑪斯想拋棄姐姐而怨恨他？卡蘿琳記起來——記得一清二楚——她想起自己在安吉拉這般年紀時失控、不穩定的性格。她心中只有一個念頭——該如何保護安吉拉？安吉拉摸過酒瓶——安吉拉的指紋會留在上面，她就趕緊去擦，若別人能相信阿瑪斯是自殺的就好了。要是酒瓶上只有阿瑪斯的指紋就好了，她費勁地把他僵硬的手指按到瓶上——一邊急如星火，一邊豎耳聆聽旁人的腳步聲……

「一旦採認這種假設，一切就都能吻合了。卡蘿琳一心擔憂安吉拉，堅持把她送走，不讓她接觸任何調查與偵訊。她擔心安吉拉遭警方盤問，最後，還堅持在審判開始前，把安吉拉送出國。因為她怕安吉拉挺不住，而托出真相。」

04 真相

安吉拉・沃倫緩緩轉過身，以嚴峻輕蔑的眼神掃視眾人。

「你們這群盲目的笨蛋——全部都是。難道你們不知道嗎，人要是我殺的，我早就承認了！我絕對不會讓卡蘿琳替我揹黑鍋。永遠不會！」

「不過你確實摸過那瓶啤酒。」白羅說。

「我？摸過那瓶啤酒？」

白羅轉向默狄思・布萊克。

「聽著，先生。你在記述中提到說，案發當天早晨，你聽見實驗室裡有動靜，而實驗室就在你臥室正下方，對吧？」

默狄思・布萊克點點頭。

「但那只是一隻貓而已。」

「你怎麼知道是貓呢？」

「我……我想不起來了。不過是貓沒錯，我很確定是隻貓，因為窗戶開的縫隙大小，只夠貓出入。」

「但窗子並不是固定住的，可以調上調下，也有可能推上去，讓人進出。」

「是的，但我知道只是貓而已。」

「你沒親眼看見貓吧？」

默狄思一臉迷惑，他慢吞吞地說：「沒有，我沒看見——」他頓了一下，眉頭緊鎖。

「但我就是知道。」

「等一下我會告訴你，為什麼你會那麼篤定，同時，我想跟你提出一點，那天早上有人跑到你家，溜進實驗室，從架子上取了一樣東西後又溜走了，你沒有發現取走了什麼。如果這人是從奧德堡來的，那麼不可能是菲利普·布萊克，也不會是艾莎·葛里爾，或卡蘿琳·奎雷，或是阿瑪斯·奎雷。我們都清楚他們當時在做什麼。剩下的就只有威廉斯小姐和安吉拉·沃倫了。威廉斯小姐在這裡——你出去時碰見她了。她告訴你說在找安吉拉。安吉拉一早就出來游泳，但威廉斯小姐在水裡、岩石上都找不到她。安吉拉能輕易地游過岸來——事實上，那天上午她和菲利普·布萊克游泳時就游過來了。我認為，安吉拉當時游過來，跑到這裡鑽進窗戶，從架上取走了某個東西。」

安吉拉·沃倫說：「我才沒有那樣，沒有！至少——」

「啊！」白羅得意地說，「你想起來啦？你不是告訴我說，你為了整阿瑪斯，把一種什麼『貓吃的東西』放進——」

默狄思．布萊克毫不遲疑地說道：「是纈草！沒錯。」

「正是，這就是為什麼你那麼篤定是貓鑽進屋裡了。你的鼻子很尖，聞到了纈草難聞的味道，儘管很淡，也許當時甚至不知道自己聞到了，但你的下意識覺得是『貓』沒錯。貓喜歡纈草，會四處尋找它。纈草味特別難聞，聽了你前一天的講解後，淘氣的安吉拉打算弄點放到姐夫的酒裡，她知道姐夫有一飲而盡的習慣。」

安吉拉．沃倫邊想邊說：「真的是那天嗎？我記得清清楚楚是偷過東西。對，我記得把酒拿出來，卡蘿琳過來了，差點被她逮個正著！我當然記得……可是我從來沒有把這件事和命案做聯想。」

「當然連不起來啦——因為你不覺得這兩件事有任何關聯，根本是兩回事。這件事只是又一次的惡作劇，而另一件事卻青天霹靂，驚濤駭浪，讓你無暇記憶其他所有小事。我注意到你是這麼說的：『我去偷什麼什麼，要放入阿瑪斯的飲料中。』但是你並沒有說你真放進去了。」

「沒有，因為我沒做。我正要擰開瓶蓋時卡蘿琳就進來了。啊！」她叫起來。「卡蘿琳以為……她以為是我！」

安吉拉停住了，環視四周。她用平常的冷靜語調說：「我想你們也都這麼認為吧。」停頓片刻後接著說：「我沒有殺死阿瑪斯。既沒有因惡作劇而誤殺，也沒有用別的方法。人若是我殺的，我絕對不會保持沉默。」

威廉期小姐馬上答道：「你當然不會，親愛的。」她看著白羅。「只有傻子才會認為是你殺的。」

白羅溫和地說：「我不是傻子，也不認為安吉拉是凶手。我很清楚是誰殺了阿瑪斯．奎雷。」他略作停頓。「我們經常面臨這種弔詭，只要事件被證明是真的，我們就相信了，但事實往往並非如此。拿奧德堡的情形為例，這是兩個女人和一個男人的老套三角故事，我們會理所當然的以為阿瑪斯．奎雷打算拋棄妻子跟另一個女人走，但現在我向各位說明，阿瑪斯從未有過那種打算。

「他曾有不少風流韻事，一陷進去就身不由己，但他的韻事結束得也很快。阿瑪斯愛上的女人都是情場老手，不會期望從他那裡得到太多。但這次這個女子卻想得到他。嚴格說起來，她其實不算女人，只是個女孩而已，而且套句卡蘿琳．奎雷的話，這女孩坦誠得驚人……儘管她說話老練精明，但對待愛情時，卻是一心一意。由於她深愛著阿瑪斯，便以為阿瑪斯也對她一樣深情，相信兩人願意共度一生，連問都沒問過他，就以為阿瑪斯願意離開妻子了。

「也許你們會問，阿瑪斯．奎雷難道沒跟她講明白嗎？我的答案是——礙於那幅畫，他想把畫完成後再說。

「有些人會覺得太荒謬了——但了解藝術家的人就不會這麼說了。若以這作為基礎，便不難理解默狄思．布萊克與奎雷之間的談話了。阿瑪斯．奎雷有些尷尬——他拍拍默狄思的背，樂觀地告訴他，一切都會沒事的。對於阿瑪斯來說，什麼事都可以很簡單。他在畫一幅畫，略微受了一點干擾，用他的話來說，是受到了兩個爭風吃醋、情緒不穩的女人打擾——但是這兩個女的，誰也不許打斷他此生最重要的工作。

「他要是告訴艾莎真相的話，就甭畫了。也許他曾一時衝動，告訴艾莎自己要離開卡蘿琳——戀愛中的男人常說這種話；也許他只是讓她有這種感覺而已，他並不在乎艾莎怎麼想，她愛怎麼想就怎麼想吧，只要能再讓她安靜一兩天，怎麼樣都行。

「等畫完了，他將告訴她真相，表示他們之間結束了，他不是那種喜歡束縛的男人。我相信，阿瑪斯一開始確實掙扎過，不想和艾莎糾纏，他警告艾莎，自己是個玩世不恭的人，但她不聽警告，只相信緣分。對阿瑪斯來說，女人只是玩物，你若問他，他也許會很輕鬆的說，反正艾莎還小，很快就會忘懷的。阿瑪斯．奎雷就是這麼想的。

「他真正在乎的，只有他的妻子。阿瑪斯不太擔心她，因為卡蘿琳只需再忍耐幾天就沒事了。艾莎把事情告訴卡蘿琳時，阿瑪斯氣炸了，但他還是樂觀的以為會『沒事』。卡蘿琳會像從前那樣原諒他，而艾莎……艾莎也得『忍著點兒』。對於像阿瑪斯．奎雷這種人來說，生活就這麼簡單。

「不過，我認為案發前一晚，阿瑪斯真的開始擔心了，他是為卡蘿琳擔憂，而不是艾莎。也許他去了卡蘿琳的房間，但卡蘿琳拒絕跟他說話，經過一夜未眠後，阿瑪斯吃過早餐就把卡蘿琳叫到一邊說了實話。說他雖然一度迷上艾莎，但已經過去了，等一畫完畫，就不會再跟她見面。

「於是卡蘿琳怒罵道：『你跟你那些女人！』各位看，這句話把艾莎跟別的女人全部劃上了等號——那些已成昨日黃花的女人。卡蘿琳又憤憤加上一句：『總有一天我要殺了你。』她對他的無情及對女人的殘忍感到憤怒，當菲利普．布萊克在大廳見到卡蘿琳時，聽見她喃喃自語，『太殘忍了！』卡蘿琳當時心裡想的就是艾莎。

「阿瑪斯．奎雷出了圖書室後，看見艾莎和菲利普在外面，便馬上叫她下去擺姿勢。他並不知道艾莎．葛里爾一直坐在窗外，將他們的談話一字不漏地聽去了。後來艾莎對這段談話的記述並不誠實，那是她自己編的，別忘了。

「想像一下，艾莎聽到阿瑪斯無情地說出真相時，會有多麼震驚！

「默狄思說過，前一天下午他等卡蘿琳從實驗室出來時是站在走道，背對實驗室的。他在跟艾莎．葛里爾談話，也就是說，艾莎是面對默狄思的，她能清楚的看到默狄思背後的卡蘿琳在做什麼——而且她是唯一能看到的人。

「艾莎看見卡蘿琳取走了毒藥，但她沒有吭聲。然而當她坐在圖書室窗外時，她想起這一幕來了。等阿瑪斯．奎雷出來後，艾莎藉口要拿上衣，便去了卡蘿琳的房間找毒藥。女人通常很清楚別的女人會把東西藏在什麼地方，艾莎找到藥了，並小心翼翼的保留原有的指紋，不把自己的印上去，她用自來水筆囊把藥吸走。

「接著艾莎又出來了，跟著阿瑪斯一起去砲兵園。不久，她一定幫阿瑪斯倒了一些啤酒，他跟往常一樣一飲而盡。

「同時間，卡蘿琳心裡十分不安，當她看見艾莎回屋裡時（這次她真的是去拿衣服），便趕緊到砲兵園數落丈夫。他的做法真是太可恥了！她無法苟同！這對艾莎太殘忍，太無情了！阿瑪斯受到打擾後怒不可遏，他說：『事情都決定了，我會讓她收拾東西！我說了。』

「這時他們聽見布萊克兄弟的腳步聲了，卡蘿琳走出花園時略顯尷尬，輕聲說是安吉拉要上學，有許多東西要準備之類的，兩兄弟自然聯想到他們聽見的談話跟安吉拉有關，而『我會讓她收拾東西』就被理解成了『我會幫她收拾東西』。

「這時艾莎手裡拿著上衣沿路下來，冷靜地微笑著，又擺好了姿勢。

「毫無疑問，她已經算計好了，卡蘿琳會受到懷疑，毒芹鹼的瓶子在她房裡。此時卡蘿琳完全陷入艾莎的圈套裡了，她送來一瓶冰啤酒倒給丈夫喝。

「阿瑪斯照例將啤酒一飲而盡，然後做了個鬼臉說：『今天喝什麼都難喝。』

「各位聽出這話裡的玄機了嗎？什麼都難喝？那麼在這杯啤酒之前，他一定喝過什麼難喝的東西，他口中還留有味道。還有一點，菲利普說阿瑪斯顯得有點踉蹌，懷疑『他是否醉酒了』。而這踉蹌正是毒芹鹼毒效發作的第一個徵兆，也就是說，卡蘿琳端來冰啤酒之前，他就已經中毒了。

「於是，艾莎坐在灰色的雉堞牆上擺著姿勢，她知道絕不能讓阿瑪斯起疑，便假意愉快而自然的跟他談笑。不久，她看見默狄思出現在上方的長椅上，便向他招手，奮力在他面前演出。

「阿瑪斯一向痛恨病弱，絕不屈服，一直畫到四肢僵硬、語言含糊不清，才萬分無助的仰躺在長椅上，但他的心智仍非常清楚。

「午餐鈴響過後，默狄思離開座位來到砲兵園。我猜艾莎趁那一瞬間，離開自己的位置，跑到桌邊把最後幾滴毒液撒進剛剛裝進啤酒、原本沒有毒的杯子裡（她在回房子的路上扔掉了自來水筆心，把它摔得粉碎），接著她在門口碰見了默狄思。

「默狄思乍然從樹蔭下走到明處，不是看得很清楚——只見到他的朋友仰躺在常臥的長椅上，眼睛從畫上移開，眼神充滿怨懟。

「阿瑪斯究竟知道或猜出了幾分？他還剩下幾分意識？我們無法得知，但他的手和眼睛不會騙人。」

白羅指著牆上的那幅畫。

「我第一次見到這幅畫時就應該明白了，因為這幅畫太了不起了。這是一幅被害人幫兇手畫的畫像——畫的是一名女孩，看著戀人在眼前死去的模樣……」

05 尾聲

接下來是一片死寂——令人毛骨悚然的可怖寂靜，落日的餘暉漸漸退去，最後一抹殘光落在窗邊女子身上，映著她的黑髮與白色皮衣，然後淡去。

艾莎·戴蒂罕挪動一下身子，然後開口了。她說：「把他們帶走，默狄思。我要跟白羅先生談談。」

她動也不動地坐著，直至門在眾人身後闔上，才說道：「你挺聰明的，是吧？」

白羅沒有回答。

「你指望我做什麼？懺悔嗎？」

他搖搖頭。艾莎說：「因為我絕對不會這樣做！我什麼也不會承認，我們一起在這裡討論的不算數，因為這只能算是我們各執一詞罷了。」

「沒錯。」

「我想知道你打算怎麼辦？」

白羅說：「我想盡一切努力說服當局為卡蘿琳．奎雷除罪。」

艾莎笑道：「真荒謬！為一個不曾犯過的罪名除罪。那我呢？」

「我會在執法者面前說出我的結論，他們若決定起訴你，便可據此行動。不過照我的看法是，證據並不夠充分──只有一些資料而已，但不是事實。而且除非理由夠強硬，否則他們不會控訴像你這樣聲名顯赫的人。」

「我不在乎。要是我得站在被告席上，為我的生命抗爭──這件事也許有點意思，有點刺激，有點過癮──也許我會玩得很樂哩。」

「你的丈夫可不會樂意。」

她盯著他。

「你以為我會在乎我先生的想法嗎？」

「不，我不認為你會。我覺得你這輩子從沒在意過別人的想法。你若是在意過，或許會幸福得多。」

「你幹嘛可憐我？」她尖聲說。

「因為，孩子，你還有好多東西要學哪。」

「我得學什麼？」

「成人的感情──悲憫、同情、理解。你懂得，你唯一懂過的，只有愛與恨。」

艾莎說：「我看見卡蘿琳拿了毒芹鹹，心想她打算自殺，這樣事情倒簡單。然而第二天早上我聽到阿瑪斯告訴卡蘿琳說，他根本不在乎我，他在乎過，但一切都結束了。等一畫完，他就讓我收拾東西走，她沒什麼好擔心的。

「而她——竟然覺得我可憐！你能理解這對我的打擊嗎？我找到毒藥讓他服下，我坐在那裡看著他死去。我從未覺得那麼青春煥發，那麼快活自在，那麼充滿力量。我看著他死……」她一揮手。「我不明白我其實是在毀滅自己，而不是他。後來我看見她中了圈套——但那也無濟於事。我傷不了她，她不在乎，她全都逃開了，她的心根本不在那兒。她和阿瑪斯都逃開了，他們藏在某個我找不到的地方，但他們沒死，死的人是我。」

艾莎·戴蒂罕站起身走到門口，又說了一次：「死的人是我……」

在大廳裡，艾莎·戴蒂罕從兩名即將共同生活的年輕人身邊走過。

司機打開車門，戴蒂罕夫人鑽了進去，司機替她將毛毯圍在膝上。

藏在日常細節中的冒險

楊照（作家）

一開始，就都在那裡了。

一九二〇年，阿嘉莎．克莉絲蒂出版了《史岱爾莊謀殺案》，神探白羅就已經退休了。而且在這個案子裡，藉由敘述者海斯汀的轉述，就鋪陳出克莉絲蒂小說最基本的偵探原則：

「那些看來或許無關緊要的小細節……它們才是重要的關鍵，它們才是偉大的線索！」

「豐富的想像力就像洪水一樣，既能載舟亦能覆舟，而且，最簡單直接的解釋，往往就是最可能的答案。」

「沒有任何謀殺行為是沒有動機的。」

還有，一個不討人喜歡的死者，一群各有理由不喜歡死者、因而也就都有殺人動機的人，這些人彼此之間構成複雜的關係，有的互相仇視，有的互相愛戀，麻煩的是，有些愛人其實貌合神離，有些仇人其實私下愛慕；更麻煩的是，不論是愛或是仇，都有可能是扮演出來的。

一個外來的偵探必須周旋在這些嫌疑者之間，從他們口中獲取對於案情的了解，換句話說，他必須在很短的時間內，搞清楚誰是誰、誰跟誰吵架、誰跟誰偷情，然後判斷誰說的哪一句是實話、哪一句是謊言。常常謊言比實話對於破案更有幫助。

再偷偷透露一下，如果要和小說裡的凶手及小說背後的作者鬥智，就像克莉絲蒂對英國社會的了解，祕訣就在於要去追究小說裡的人物背景，尤其是他們的階級地位。基本上，階級地位愈高、權力愈大、愈有錢者，說的話就愈不要相信。例如在《史岱爾莊謀殺案》中，僕人、園丁說的話遠比有頭有臉的人說的要可信多了。就算要說謊，他們的謊言也比較天真，而且往往出於善良動機。當你歸納線索時，就會知道他們並非故意說謊，那是因為他們的認知受到蒙蔽或誤導，而你慢慢就從這蒙蔽或誤導中被引導到真相。

《史岱爾莊謀殺案》出版那年，克莉絲蒂三十歲，但書稿其實早在五年前就寫好了，畢竟要找到有人願意出版一個看來再平凡不過的家庭主婦寫的小說，並不是那麼容易。

所有和克莉絲蒂接觸過的人，都對於她的「正常」留下深刻印象。她看起來就和她那個年紀的典型英國家庭主婦一樣，害羞、靦腆，只能在社交場合勉強跟人聊些瑣事話題，完全無法演講，甚至連只是站起來對眾賓客說幾句客套話，請大家一起舉杯，她都做不到。她不演講，也很少答應接受採訪，就算採訪到她也很難從她口中得到有趣的內容。她會講的，幾乎都是記者本來就知道、或者自己就可以想得出來的。

例如說白羅這個神探的來歷。克莉絲蒂回答：他應該是個外國人，這樣就能在英國日常生活中看出英國人自己看不出的線索。她自己碰過的外國人，只有第一次大戰剛爆發時到英國避難的比利時人。比利時警察怎麼能跑到英國來？那一定是因為他已經退休了。他有潔癖，所以對於現場會有特殊的直覺，馬上感受到不對勁的地方。一個有潔癖的人，好像應該長得矮小些才相稱，一個矮小有潔癖的人最適當的名字，就是希臘神話裡的大力士「赫丘勒斯（Hercules）」，製造出荒唐的對比趣味。那白羅這個姓是怎麼來的呢？克莉絲蒂很誠實地說：「我不記得了。」

一切都如此順理成章，一切都如此合邏輯，不是嗎？有記者問她怎麼看自己的舞台劇〈捕鼠器〉，創下了英國劇場、甚至全世界劇場連演最多場紀錄的名劇？克莉絲蒂的回答也還是中規中矩，合理合節：那是一齣小戲，在一個小劇院演出，成本很低，任何人想到了都可以帶家人或朋友去看，老少咸宜，並不恐怖，也不特別荒謬打鬧，可是又什麼都有一點，包括恐怖和荒謬打鬧的成分。

她的身上找不出一點傳奇、怪誕色彩，那她為什麼能在五十年間持續寫偵探小說，創造了那麼多謀殺，還創造了那麼多詭計？

首先因為她是女性，以及她的身世，包括她的階級身分，使得她在描寫故事場景時比一般男性作者來得敏感。因為在她之前的偵探推理小說男性作家的階級身分都是高高在上，基本上他們會從較高的角度看社會，比較看不到底層的感受。

而她的婚變以及婚變中遭逢的痛苦，都使她更能體會與觀察，將英國社會的複雜細節融入小說的核心情節，讓探案與線索分析結合在一起。

克莉絲蒂一生結過兩次婚，第一次在一九一四年，婚後不久，丈夫就參加了歐戰，是英國皇家空軍最早一批飛行員。一九二六年，這個丈夫有了外遇，直率地向克莉絲蒂要求離婚，在那之前，克莉絲蒂的媽媽才剛過世，雙重打擊之下，又遇到車子無法發動，克莉絲蒂崩潰了，她棄車而走，忘記了自己究竟是誰，躲進一家鄉間旅館，登記時寫了她心裡唯一有印象的名字——她丈夫情婦的名字。

離婚後，一次在晚宴中，有人提起近東烏爾考古的最新收穫，克莉絲蒂就取消了原定要去西印度群島的計畫，改訂了跨越歐洲到君士坦丁堡的「東方快車」，是的，就是這趟旅程給了她寫《東方快車謀殺案》的靈感。不過更重要的是，在烏爾，她認識了一位年輕的考古學家，比她小十四歲，這個人後來成了她的第二任丈夫。

這位考古學家陪她去參觀在沙漠中的烏克海迪爾城，卻在沙漠中迷路困陷了。幾小時中克莉絲蒂卻沒有一點驚慌不安，當下考古學家就決定要向她求婚。

原來，克莉絲蒂的內心是有這種冒險成分的。要不然她不會兩次選到的，都是喜愛冒險的丈夫，而她本身大概也不會吸引一個在各種危險情境下挖掘古代寶藏的人，讓他願意向一個大他十四歲的女人求婚。

這樣說吧，維多利亞時代後期的英國環境，壓抑限制了克莉絲蒂冒險、追求傳奇的內在衝動，她只好將這樣的衝動寄託在丈夫和寫作上。她一邊陪著第二任丈夫在近東漫走，一邊在小說中寫各式各樣的謀殺與探案。謀殺和探案都是冒險，還有，偵探偵查中做的事——蒐集線索，還原命案過程——其實和考古學家的考掘，如此相似！

克莉絲蒂寫得最好的，正是「藏在日常中的冒險」。她個性中的雙面成分，造就了特殊的偵探魅力。既嚮往非常傳奇，卻又有根深柢固的日常邏輯信念，兩者都在克莉絲蒂的小說中扮演了重要角色。她的謀殺案幾乎都和日常習慣緊密編織在一起，日常環境成了兇手最重要的掩護。有些日常規律明顯地被破壞了，讓我們很自然以為那會是謀殺的線索，沿著這些線索形成了閱讀中的推理猜測，然而白羅早就提醒了，真正重要的反而是那些「細節」，也就是看來像是依隨日常邏輯進行的事，或說藏在日常邏輯中因而不被看重的事，那裡要嘛藏著兇手的核心詭計、煙幕，要嘛藏著兇手致命的破綻。

兇案的構想，就是如何讓異常蓋上日常、正常的面貌，又如何故意將日常、正常予以扭曲，製造假象；那麼偵探要做的，就是如何準確地在日常中分辨出真正的異常，將假的、明顯的異常撥開來，找出細節堆疊起來的異常真相。

此外，克莉絲蒂的小說裡隱藏著極其曖昧的情感價值觀，最典型、最有名的就是《東方快車謀殺案》。透過追查過程，讓讀者知道為什麼凶手要訴諸於這種手段，其動機具有可同情之處，再加上克莉絲蒂對身分階級的觀察，她比較相信或讓讀者相信那些沒有權力、地位的人，隨著偵查節奏去認識可能或必須懷疑的人。克莉絲蒂最擅長營造「多重嫌疑犯」的小說特質，因為讀者在閱讀時必須被迫去認識很多不一樣的人。在她最受歡迎的作品，大概都具備這樣的特質。

當然，她的作品中還有兩個最突出的神探，即白羅和瑪波。白羅是比利時人，但為什麼必須是外國人？這是因為英國人具有高度階級意識，這種觀念一路滲透到所有互動細節，包括人與人之間如何說話。而白羅因為不是英國人，他會發現一般英國人不太看得出來的東西，以及兩個人互動的方法哪裡不正常。至於瑪波為什麼得是老太太？她一如那個年代的老人家，總是靜靜坐著打毛線，因為不起眼，自然讓人放鬆防備，所以瑪波探案的線索都是來自於這樣的互動模式。

然而，白羅有很明顯的優勢，瑪波的身分使她基本上只能進行「靜態」的辦案，案子的空間受到侷限，白羅卻可以跨越各種空間，恣意揮灑。而且白羅擁有警官身分，可以合理出現在各種犯罪現場，瑪波能出現的地方，相形之下就勉強、不自然多了。白羅是明白的outsider，在英國，只要他出現，就會覺得有外人在而感到緊張，於是很容易露出平常不會表現的行為；瑪波則看起來是insider，但實質上是outsider，因為總是沒人發現她、當她空氣人。這兩人的探案，是兩個極端。雖然讀者最愛白羅，但克莉絲蒂自己偏愛瑪波勝於白羅。

不管後來的偵探、推理小說發展了多少巧妙詭計，克莉絲蒂卻不會過時，因為她的推理如此密切地和日常纏繞在一起；活在日常中，我們就無可避免被克莉絲蒂的「日常細節推理」吸引，隨時讀來都充滿驚奇趣味。

名家盛讚克莉絲蒂（依推薦時間排序）

金庸（作家）

克莉絲蒂的寫作功力一流，內容寫實，邏輯性順暢，也很會運用語言的趣味。閱讀她的小說，在謎底沒有揭露之前，我會與作者鬥智，這種過程非常令人享受。其作品的高明之處在於：布局的巧妙完全意想不到，而謎底揭穿時又十分合理，讓人不得不信服。

詹宏志（作家、PChome 網路家庭董事長）

推理小說在從先輩柯南．道爾等人的發明中出現力量時，誕生了一位《天方夜譚》故事中每天說故事說個不停的王妃薛斐拉．柴德，也就是「謀殺天后」克莉絲蒂，整個世界對聽這些故事才有如此的熱情。他們捨不得睡覺，每天問後來還有嗎、還有嗎，永遠不肯離去，這就是克莉絲蒂對推理小說的最大貢獻。

可樂王（藝術家）

所謂「克莉絲蒂式」的推理小說，就是一場和一個天才的寫作者或高明的恐怖份子在紙上捕掠捉殺的戰事。即便是一列火車、一處飯店或一間酒吧，在克莉絲蒂寫來皆充滿神祕和猜謎。在人生適合的下午裡，我總是一面嚼著口香糖，一面跟著矮子偵探白羅穿梭謀殺現場，克莉絲蒂的推理作品無疑是推理世界中最充滿「魔術性」的小說。

吳若權（作家、節目主持人）

我從小就對推理小說情有獨鍾，克莉絲蒂一系列的作品尤其令我愛不釋手。多年來，閱讀推理小說的經驗讓我覺悟：讀者在文字情節中推展開來的驚嘆，不只是因緣於故事的本身，而是自我性格的投射。從這個觀點來看克莉絲蒂一系列的作品，她簡直就是洞徹人性的算命師。而讀者，在她的文字中，發現了自己無可奉告的命運。

藍祖蔚（國家電影及視聽文化中心董事長）

做過藥劑師，難免懂得毒藥；嫁給考古學家，難免也就嫻熟文明的神祕；再加上曾經失蹤九天，一切不復記憶的離奇經驗，的確提供了寫作靈感，但若少了想像力，那些片羽靈光縱使辛辣如辣椒，卻不足以成菜。

推理小說重布局、重人物描寫，克莉絲蒂最厲害的卻是犀利的人性觀察，她一手創造的白羅探長，潔癖個性完全和她相反，更將她所憎厭的人格特質集於一身，殊不知，唯有不對著鏡子寫作，才能夠跳出框架與制式反應，開闢無限寬廣的新世界，建構多面向的詭異迷宮。

看完她的小說，你只會更加訝異，到底是什麼樣的心靈才能成就這般視野？

李家同（作家、前暨南大學校長）

克莉絲蒂的整體布局十分細膩，最後案情也都講解得非常詳細，回頭去看，在書中都找得到線索。故事的情節與內容也很好看，不是像一個流氓在街上被殺掉那麼單調。……看小說應該要花腦筋、要思考，從小就要養成思辨的能力，看她的小說，就是對邏輯思考能力極佳的訓練。

袁瓊瓊（作家）

雖然被公認是冷靜理性的謀殺天后，但是在理性之下，克莉絲蒂的底色依舊是感情。克莉絲蒂很明白，所有的慾望之後，都無非是某種愛情。在以性命相搏的犯罪世界裡，凶手以終結他人的性命來遂私欲，不過是為了成全自己的愛，或者是成全自己的恨。

鄧惠文（精神科醫師）

以推理小說作家而言，克莉絲蒂的風格相當獨樹一格。她的偵探在辦案時，靠的不光是科學證據的搜集，而是大量運用犯罪心理學，及對人性的深刻了解。例如在《五隻小豬之歌》中，白羅便是藉由聽取嫌疑犯訴說案情時所不自覺顯露的主觀意識及中心思想，而看出其中破綻，找出真凶。白羅是靠腦袋辦案，以心理層面去剖析案情，即使人們敘述的是同一件事，他可以聽出不同角色因出發點及看待角度不同所透露的情緒觀感，從而抽絲剝繭，還原事實真相。

克莉絲蒂所塑造的人物也生動且各具特色，不同個性所出現的情緒反應描寫，皆細膩而準確，讓讀者產生豐富的想像空間，一展卷便欲罷而不能。

吳曉樂（作家）

克莉絲蒂使用的語言平易近人，主要是以角色與情節的對應來斧鑿出故事的深度，堆疊出讓讀者回味的迂迴空間。而她筆下的角色往往性別、階級、性格、族群各異，塑造出多元又豐富的人物群像。

文學作品不問類型，若要流傳於世，最終仍得上溯至「人性」的理解與反思。而阿嘉莎．克莉絲蒂的作品中，我們可以看到人類屢屢得和自己的人生討價還價，或千方百計讓主觀意識與客觀條件達成某種程度的整合，讀者在重建人物的心理軌跡時，也見識到自身的是非成敗，我認為，這也是克莉絲蒂的作品能夠璀璨經年、暢銷不衰的主因。

許皓宜（心理學作家）

克莉絲蒂筆下的故事看似在談人性的醜惡，實則像一位披著小說家靈魂的心靈引導者，用她的文字訴說著人們得不到「愛」時的痛苦。於是在故事終了的剎那，你不得不對人生多了幾分「看透感」：原來，我們心裡的那些痛苦、報復與自我折磨的慾望，不是因為「憤恨」，而是起於對「愛的失落」。這或許是我們在情感世界中最珍貴且深刻的一種覺察了。

推理小說荒謬驚悚嗎？不，它其實很寫實。它幫我們說出心裡的苦、怨、醜陋的慾望，於是，我們可以重新學習愛了。

一頁華爾滋 Kristin（影評人）

從有記憶以來，閱讀克莉絲蒂最迷人之處往往不在真正的凶手是誰，而是在於「Why」（為什麼）與「How」（如何進行），在於人性與心理描摹的故事肌理。依循其書寫脈絡，會發覺不只是邏輯清晰、布局縝密、著重細節，她總能完美掌握敘事節奏，書中人物彷彿真實存在般鮮明躍然紙上，讀者情緒會隨精準文字保持流轉、跳動、收放，掩卷時並無太多真相水落石出的暢快，反倒淡淡的惆悵化為餘韻襲上心頭，原來還是種種意料之外，卻屬情理之中的人性盲目使然。私以為，那成就了克莉絲蒂的推理故事之所以無比迷人的主因之一。

冬陽（推理評論人）

雖然阿嘉莎．克莉絲蒂的作品並非我的推理閱讀啟蒙，卻是養成閱讀不輟的重要推手。首先，她無庸置疑是個說故事能手，打開我名為好奇的開關；其次是設計犯罪事件的巧妙多元，既日常又異常，凶手更是叫人意想不到。沒錯，我相信每個當讀者的都忍不住想破案，想早偵探一步識破詭計，或者像考試結束鈴響前一秒，瞎猜都要指著某個角色大喊「你就是犯人」！然後會忍不住作弊——不是翻到最後幾頁窺探真凶身分，而是往前翻查讓人起疑的段落、偵探顯然掌握重要線索的時刻，直到忍不住豎白旗投降，看神探（我知道啦，真正把我耍得團團轉的聰明人是作者）頭頭是道地分析我遺漏錯置的片片拼圖，終於看清真相全貌。這，就是偵探推理，我因此熟悉遊戲規則、沉醉在每一場迷人故事裡，成為這個類型書寫的俘虜，享受至今不疲的美好滋味。

石芳瑜（作家、永樂座書店店主）

布局細膩、處處留下線索，破案解說詳細，說明了這位安靜、害羞的推理小說女王心思縝密，且充滿想像力。密室殺人，完美犯罪，《東方快車謀殺案》不愧為古典推理小說的經典。再加上神祕的東方色彩，隨著火車抵達的迫切時間感，連非推理小說迷都會神經拉緊，讀完大呼過癮。

家庭主婦缺少人生經驗？處女座的阿嘉莎．克莉絲蒂充分展現她過人的寫作天分，靠得是從小開始的閱讀，以及對偵探小說的著迷。三十歲寫下第一本偵探小說《史岱爾莊謀殺案》的克莉絲蒂，在那個時代並不能說是「早慧」，但寫作生涯五十五年中，共創作了八十部偵探小說，卻令人難以企及。這位害羞靦腆的小說女神，大概是相信只要有足夠的理由，每個人都有殺人的可能！

余小芳（暨南大學推理研究社指導老師、台灣推理作家協會常務理事）

學生時代加入推理社團，社課指定讀物便是經典作品《一個都不留》，成為我對克莉絲蒂的初步印象，自此沉浸於推理小說的世界。隔年寒假陪同學參與轉學考，在斜風細雨的走廊中，滿足讀完《東方快車謀殺案》。隨著歲月遠走，已昇華成趣味回憶。

踏入推理文學領域需要認識的作家，阿嘉莎．克莉絲蒂絕對名列其中，她的作品常有英國小鎮風光、莊園式的謀殺、設備豪華的交通工具等，還有特色鮮明的偵探活躍其中。書中少有血腥、暴力的橋段，布局巧妙且結構嚴密，手法純粹、知性，故事內容與人物性格融為一體，以高超的想像力結合說好故事的能耐，為推理小說開創新局面。克莉絲蒂推理全集重編改版，值得新舊讀者一起探索。

林怡辰（國小教師、教育部閱讀推手）

多年後，還是難忘第一次閱讀阿嘉莎．克莉絲蒂作品的感動和激動。

這套將近一世紀的作品，文筆流暢，邏輯縝密，過程中不斷與作者較量、猜出凶手，直到最後解答不禁佩服，蛛絲馬跡處處展現作者的精妙手法，於是又拿起另一部作品，再次沉溺在謀殺天后所編織的日常世界中的奇幻，無可自拔。犯罪動機和手法穿越時空限制，如今讀來合理且依舊令人感動，閱讀中趣味橫生，難怪成為後來諸多偵探小說的原型。

克莉絲蒂創作生涯中產出的八十部推理作品，至今多部躍上大銀幕，無怪乎被稱之為「經典」，喜愛推理偵探作品的人不可不讀，你會驚異於她在文字中施展的魔法！

張東君（推理評論家、科普作家）

我愛克莉絲蒂！這位在台灣有時會被稱為克奶奶的超級暢銷推理小說家，即使是自認沒讀過她的書的人，也都會在各種書籍或影視作品中看到對她致敬的片段。由於她喜歡旅行和冒險，那些經驗與體驗都成為書中的場景，因此閱讀她的作品時，不只是雀躍地跟著偵探推理，也有了虛擬的旅行體驗。或者當成旅遊導覽書，在出發去尼羅河、去英國鄉間、去搭船搭火車時，就塞一本克奶奶的作品到隨身背包中。

我還是大學新生時，就聽學姐說她哥哥經常看克奶奶的小說，而且邊看邊狂笑。於是我跟著效仿，在某次搭飛機之前買了第一本小說當旅伴，不只看得超開心，看完後還到處找尋書中出現的那種有兜帽的斗篷，當成出門時的必備用品。克奶奶的作品是跨越文字、國界的。只要看過一本，就會不停地追下去。還好，真的是還好只有八十本。何況這次是全新校訂的紀念珍藏版，當然不能錯過！

發光小魚（呂湘瑜）（文史作家、助理教授）

一部好的偵探小說，除了情節設計巧妙之外，還需要洞悉人性，如此方能合理地交代人物的言行舉止與動機。阿嘉莎．克莉絲蒂便是其中翹楚，她的作品不管是偵探、愛情小說或戲劇，必要元素都是謎題與人性。在寧靜無波的場景下暗潮洶湧，永遠都有意料之外，讀者的情緒也會隨著劇情的進行起伏糾結。克莉絲蒂觀察到時代的變化，將犯罪心理融入作品中，於是，看她的小說不只能得到解謎的快樂，同時對人性也能夠有所省思。

此外，克莉絲蒂豐富的人生歷練及旅行經歷，例如一九二二年的環球之旅、居住過也旅行過的巴黎和埃及，甚至是追隨考古學家丈夫前往的中東，都讓她的小說讀來更加充滿異國情調。如果你也愛旅行，不如就讓我們一同搭上那一班南法的藍色列車，或由伊斯坦堡出發的東方快車，跟著白羅鑽進一樁奇案，一嘗旅程中破解謎題的快感吧。

盧郁佳（作家）

國小時，家裡買了一套阿嘉莎．克莉絲蒂全集，從此成了我的毒品，在白癡課本將我的腦袋啃噬成海綿般空洞時，撫慰受創的心靈，那時我仍對人心險惡一無所知。

數學課教你列算式，樂趣遠不如克莉絲蒂教你住宅平面圖、偷換時序的密室魔術，你從庭園長窗進房間，我從房門直通鄰房，他從走廊進房……從而學會故事是建構邏輯。她文風多變，時而《四大天王》中讓神探白羅向助手海斯汀大賣關子，眉頭緊皺，山雨欲來，預示天翻地覆，只能靠他拯救世界；時而用維吉尼亞．吳爾芙《自己的房間》中俏皮的語言，讓貧苦村姑安妮在《褐衣男子》中回憶南非出生入死的冒險，竟源於她耽讀村裡圖書館爛舊的冒險愛情小說，還有戲院每週末放映〈帕米拉歷險記〉，帕米拉每集從飛機跳落高空、搭潛艇、爬上摩天大樓，每次被黑幫老大抓到總不一刀斃命，卻老要用瓦斯毒死她，暗示續集又會逃出生天。

長大才發現，克莉絲蒂小說就是我的〈帕米拉歷險記〉：它以歌劇般輝煌龐大的天真陰謀、精細的人際觀察（一句話重音放在哪個字、從膝蓋鑑定女人的年齡等），召喚年輕讀者抱持浪漫精神投入未知的壯遊，瘋魔、衝撞、冒犯，傷痕累累毫無懼色。正如瓦斯在冒險片中太多、現實中卻太少；陰謀在現實中沒有克莉絲蒂寫得那麼複雜，但她刻畫的心理卻是現實中解謎的試金石。

賴以威（臺灣師範大學電機系副教授）

或許可以為經典下幾個定義：該領域的愛好者更都讀過；不是這個領域的愛好者，許多人也都聽過；影響後續的作品，在很多著作中都可以看到它的影子；值得反覆再三閱讀，每隔一陣子再讀都可以獲得閱讀的樂趣，有更多的體悟。我永遠記得第一次讀《東方快車謀殺案》時，被那宛如嚴謹設計數學謎題的鋪陳、推進給深深吸引、震撼。從這幾個角度來說，克莉絲蒂的推理小說被稱之為「經典」，可說是當之無愧。

謝哲青（作家、旅行家、知名節目主持人）

克莉絲蒂小說的魅力在於透過每個角色的對白，藉由不斷的說話來表現人物的個性，以彰顯其人格特質中一些無法被忽略的事實。我們從他們的言語、講話的過程和字裡行間，竟然就能知道誰是凶手。

我從克莉絲蒂的小說學到很多，除了推理小說有趣的事實之外，最重要的是，我在工作的職場跟人應對的時候，如何從語言和對話裡去捕捉某些隱而不顯的事實。許多人們欲蓋彌彰的東西，無論心事也好、祕密也好，克莉絲蒂都會用文學的手法，讓你理解語言的奧妙和魅力。

克莉絲蒂的書寫會讓你覺得彷彿自己也在現場，你可以從聽到的對話當中，學會如何理解人心的一些小技巧，這是小說家最出色、最偉大的地方。我們必須學習傾聽別人說話——這些人講話是真誠的嗎？他想要跟你分享什麼資訊？這些資訊可靠嗎？——這是我在閱讀推理小說時，最大的收穫和理解。

阿嘉莎・克莉絲蒂大事記

1890		•九月十五日出生於英格蘭德文郡托基鎮。
1894	4 歲	•開始在家自學，父母親、姐姐教導閱讀、寫作、算術和彈鋼琴。
1895	5 歲	•家中經濟走下坡，舉家搬至法國，學會流利的法語。
1905	15 歲	•在巴黎寄宿學校學鋼琴和聲樂，但生性極度害羞，未成為職業鋼琴家，最終回到英國。
1907	17 歲	•陪同母親前往埃及調養身體，對社交活動充滿興趣，但尚未對日後感興趣的埃及古物點燃熱情。 •回英國後繼續寫作、參與業餘戲劇表演。
1908	18 歲	•寫出第一篇短篇小說〈麗人之屋〉，同時也寫出第一部愛情小說《白雪黃漠》，以筆名向出版社投稿，但屢遭退稿。
1912	22 歲	•與英國皇家軍官亞契・克莉絲蒂（Archibald Christie）熱戀。 •八月爆發第一次世界大戰，亞契奉派到法國作戰。
1914	24 歲	•耶誕夜結婚，亞契隨即返回戰場。克莉絲蒂參與紅十字會工作，在醫院擔任護士和藥劑師，因此對藥理和毒物非常熟悉，造就後來多部推理小說情節都以毒藥殺人。
1916	26 歲	•開始嘗試寫推理小說，寫出第一部小說《史岱爾莊謀殺案》，主角偵探赫丘勒・白羅的靈感，來自於大戰期間英國鄉間的比利時難民營。本書歷經數家出版社退稿後，終獲柏德雷・海德（The Bodley Head）圖書公司的出版機會，之後並簽下另五本小說的合約。
1919	29 歲	•前一年亞契返回英國，八月生下女兒露莎琳。

1920　30 歲　• 出版《史岱爾莊謀殺案》。

1922　32 歲　• 出版第二部小説《隱身魔鬼》，主角是夫妻檔偵探湯米和陶品絲。
• 與亞契至南非、澳洲、紐西蘭、夏威夷和加拿大等國旅行十個月，在南非得到《褐衣男子》的靈感。

1923　33 歲　• 三月出版第三部小説《高爾夫球場命案》，白羅再度登場。

1926　36 歲　• 四月母親過世，克莉絲蒂陷入憂鬱。
• 六月在「威廉・柯林斯父子出版社」出版《羅傑艾克洛命案》。
• 八月亞契因外遇提出離婚，十二月初一次爭吵後，克莉絲蒂離家棄車失蹤，消息登上全國新聞。

1927　37 歲　• 一月在悲痛心情中寫出《藍色列車之謎》，第一次創造出聖瑪莉米德村，即後來瑪波小姐居住的村子。
• 分居期間在雜誌刊登以白羅為主角的短篇小説，後來集結出版《四大天王》。
• 十二月在雜誌刊登短篇小説〈週二夜間俱樂部〉，瑪波小姐初登場，後來收錄在一九三二年出版的短篇小説集《十三個難題》。

1928　38 歲　• 十月正式離婚，仍保留「克莉絲蒂」姓氏。
• 秋天搭乘「東方快車」前往土耳其的伊斯坦堡，再轉往伊拉克首都巴格達，參觀考古現場烏爾，認識考古學家伍利夫婦（Leonard and Katharine Woolley）。

1930　40 歲　• 二月應伍利夫婦之邀再訪烏爾，認識考古學家麥克斯・馬龍（Max Mallowan），九月於英國愛丁堡結婚。這段婚姻開啟克莉絲蒂旺盛的創作生涯，兩人到中東考古現場的旅行為許多作品帶來靈感。

		• 婚後克莉絲蒂開始維持固定的寫作行程。十月出版《牧師公館謀殺案》，是第一部以瑪波小姐為主角的小說。 • 出版第一部以「瑪麗．魏斯麥珂特」（Mary Westmacott）為筆名的《撒旦的情歌》，並陸續發表了五部非犯罪小說。
1932	42歲	• 出版《危機四伏》。
1934	44歲	• 出版《東方快車謀殺案》，是白羅海外辦案三部曲之一，故事靈感來自中東的旅行經歷。一九七四年第一次改編成電影大獲好評。
1936	46歲	• 出版《美索不達米亞驚魂》，白羅海外辦案三部曲之二。
1937	47歲	• 出版《尼羅河謀殺案》，白羅海外辦案三部曲之三，故事背景是年輕時與母親同遊的埃及。一九七八年第一次改編成電影大受歡迎。
1939	49歲	• 二次大戰期間，克莉絲蒂在大學學院醫院擔任義務藥師，學習到最新的毒藥知識，對於推理小說寫作大有助益。 • 出版《一個都不留》，是克莉絲蒂最著名作品之一。
1941	51歲	• 出版《密碼》，呈現出克莉絲蒂對戰爭的看法。 • 出版《豔陽下的謀殺案》。
1942	52歲	• 出版《藏書室的陌生人》、《五隻小豬之歌》等名作。
1944	54歲	• 以「瑪麗．魏斯麥珂特」為筆名出版第三部作品《幸福假面》，被美國書評人發現是克莉絲蒂的作品，讓她從此失去匿名創作的自在樂趣。

1950　60 歲　• 獲選為皇家文學學會的會員。

1953　63 歲　• 出版《葬禮變奏曲》。

1956　66 歲　• 一月獲頒大英帝國爵級大十字勳章（GBE）。
• 十一月以「瑪麗・魏斯麥珂特」為筆名出版《愛的重量》，是這個筆名的最後一部作品。

1958　68 歲　• 成為「偵探作家俱樂部」主席。

1960　70 歲　• 馬龍獲頒大英帝國爵級大十字勳章。

1961　71 歲　• 獲得艾克塞特大學頒發榮譽文學博士學位。

1968　78 歲　• 馬龍獲封為爵士，克莉絲蒂亦被稱為馬龍爵士夫人。

1971　81 歲　• 獲頒大英帝國爵級司令勳章（DBE），獲封為女爵士。

1973　83 歲　• 出版最後一部創作《死亡暗道》，亦為湯米和陶品絲最後一次辦案。

1974　84 歲　• 最後一次公開露面，出席電影《東方快車謀殺案》首映會。

1975　85 歲　• 八月六日，白羅成為有史以來第一次在《紐約時報》頭版刊出訃聞的小說主角，宣傳九月即將出版的《謝幕》，這也是白羅最後一次辦案。

1976　86 歲　• 一月十二日去世。
• 十月出版《死亡不長眠》，瑪波小姐的最後一次辦案。

克莉絲蒂推理原著出版年表

1920 史岱爾莊謀殺案 The Mysterious Affair at Styles（神探白羅系列）
1922 隱身魔鬼 The Secret Adversary（神探湯米＆陶品絲系列）
1923 高爾夫球場命案 The Murder on the Links（神探白羅系列）
1924 白羅出擊 Poirot Investigates（神探白羅系列）
1924 褐衣男子 The Man in the Brown Suit（神探雷斯上校系列）
1925 煙囪的祕密 The Secret of Chimneys（神探巴鬥主任系列）
1926 羅傑艾克洛命案 The Murder of Roger Ackroyd（神探白羅系列）
1927 四大天王 The Big Four（神探白羅系列）
1928 藍色列車之謎 The Mystery of the Blue Train（神探白羅系列）
1929 七鐘面 The Seven Dials Mystery（神探巴鬥主任系列）
1929 鴛鴦神探 Partners in Crime（神探湯米＆陶品絲系列）
1930 牧師公館謀殺案 The Murder at the Vicarage（神探瑪波系列）
1930 謎樣的鬼豔先生 The Mysterious Mr. Quin（神探鬼豔先生系列）
1931 西塔佛祕案 The Sittaford Mystery
1932 十三個難題 The Thirteen Problems（神探瑪波系列）
1932 危機四伏 Peril at End House（神探白羅系列）
1933 十三人的晚宴 Lord Edgware Dies（神探白羅系列）
1933 死亡之犬 The Hound of Death
1934 三幕悲劇 Three Act Tragedy（神探白羅系列）
1934 李斯特岱奇案 The Listerdale Mystery
1934 帕克潘調查簿 Parker Pyne Investigates（神探帕克潘系列）
1934 東方快車謀殺案 Murder on the Orient Express（神探白羅系列）
1934 為什麼不找伊文斯？ Why Didn't They Ask Evans?
1935 謀殺在雲端 Death in the Clouds（神探白羅系列）
1936 ABC 謀殺案 The A.B.C. Murders（神探白羅系列）
1936 底牌 Cards on the Table（神探白羅系列）
1936 美索不達米亞驚魂 Murder in Mesopotamia（神探白羅系列）

1937　巴石立花園街謀殺案 Murder in the Mews（神探白羅系列）
1937　尼羅河謀殺案 Death on the Nile（神探白羅系列）
1937　死無對證 Dumb Witness（神探白羅系列）
1938　白羅的聖誕假期 Hercule Poirot's Christmas（神探白羅系列）
1938　死亡約會 Appointment with Death（神探白羅系列）
1939　一個都不留 And Then There Were None
1939　殺人不難 Murder Is Easy/Easy to Kill（神探巴鬥主任系列）
1940　一，二，縫好鞋釦 One, Two, Buckle My Shoe（神探白羅系列）
1940　絲柏的哀歌 Sad Cypress（神探白羅系列）
1941　密碼 N Or M?（神探湯米＆陶品絲系列）
1941　豔陽下的謀殺案 Evil Under the Sun（神探白羅系列）
1942　五隻小豬之歌 Five Little Pigs（神探白羅系列）
1942　藏書室的陌生人 The Body in the Library（神探瑪波系列）
1943　幕後黑手 The Moving Finger（神探瑪波系列）
1944　本末倒置 Towards Zero（神探巴鬥主任系列）
1945　死亡終有時 Death Comes as the End
1945　魂縈舊恨 Remembered Death（神探雷斯上校系列）
1946　池邊的幻影 The Hollow（神探白羅系列）
1947　赫丘勒的十二道任務 The Labours of Hercules（神探白羅系列）
1948　順水推舟 Taken at the Flood（神探白羅系列）
1949　畸屋 Crooked House
1950　謀殺啟事 A Murder Is Announced（神探瑪波系列）
1951　巴格達風雲 They Came to Baghdad
1952　殺手魔術 They Do It with Mirrors（神探瑪波系列）
1952　麥金堤太太之死 Mrs. McGinty's Dead（神探白羅系列）
1953　黑麥滿口袋 A Pocket Full of Rye（神探瑪波系列）
1953　葬禮變奏曲 After the Funeral（神探白羅系列）

1954 未知的旅途 Destination Unknown
1955 國際學舍謀殺案 Hickory, Dickory, Dock（神探白羅系列）
1956 弄假成真 Dead Man's Folly（神探白羅系列）
1957 殺人一瞬間 4:50 from Paddington（神探瑪波系列）
1958 無辜者的試煉 Ordeal by Innocence
1959 鴿群裡的貓 Cat Among the Pigeons（神探白羅系列）
1960 哪個聖誕布丁？ The Adventure of the Christmas Pudding（神探白羅系列）
1961 白馬酒館 The Pale Horse
1962 破鏡謀殺案 The Mirror Crack'd from Side to Side（神探瑪波系列）
1963 怪鐘 The Clocks（神探白羅系列）
1964 加勒比海疑雲 A Caribbean Mystery（神探瑪波系列）
1965 柏翠門旅館 At Bertram's Hotel（神探瑪波系列）
1966 第三個單身女郎 Third Girl（神探白羅系列）
1967 無盡的夜 Endless Night
1968 顫刺的預兆 By the Pricking of My Thumbs（神探湯米＆陶品絲系列）
1969 萬聖節派對 Hallowe'en Party（神探白羅系列）
1970 法蘭克福機場怪客 Passengers to Frankfurt
1971 復仇女神 Nemesis（神探瑪波系列）
1972 問大象去吧！ Elephants Can Remember（神探白羅系列）
1973 死亡暗道 Postern of Fate（神探湯米＆陶品絲系列）
1974 白羅的初期探案 Poirot's Early Cases（神探白羅系列）
1975 謝幕 Curtain: Hercule Poirot's Last Case（神探白羅系列）
1976 死亡不長眠 Sleeping Murder（神探瑪波系列）
1979 瑪波小姐的完結篇 Miss Marple's Final Cases（神探瑪波系列）
1991 情牽波倫沙 Problem at Pollensa Bay
1997 殘光夜影 While the Light Lasts

國家圖書館出版品預行編目（CIP）資料

五隻小豬之歌 / 阿嘉莎・克莉絲蒂（Agatha Christie）著；李平、秦越岭譯. -- 三版. -- 臺北市：遠流出版事業股份有限公司, 2022.10
面；　公分. -- (克莉絲蒂繁體中文版20週年紀念珍藏；20)
譯自：Five little pigs
ISBN 978-957-32-9747-5(平裝)

873.57　　111013859

克莉絲蒂繁體中文版 20 週年紀念珍藏 20

五隻小豬之歌

作者 / 阿嘉莎・克莉絲蒂
譯者 / 李平、秦越岭

主編 / 陳懿文、余式恕　封面、內頁設計 / 謝佳穎
排版 / 連紫吟、曹任華　行銷企劃 / 舒意雯
出版一部總編輯暨總監 / 王明雪

發行人 / 王榮文
出版發行 / 遠流出版事業股份有限公司
地址 / 104005臺北市中山北路一段11號13樓
電話 / (02)2571-0297　傳真 / (02)2571-0197　郵撥 / 0189456-1
著作權顧問 / 蕭雄淋律師

2002年8月1日 初版一刷
2022年10月1日 三版一刷
定價 / 新臺幣380元 (缺頁或破損的書，請寄回更換)

ISBN 978-957-32-9747-5

遠流博識網 http://www.ylib.com　E-mail: ylib@ylib.com
遠流粉絲團 https://www.facebook.com/ylibfans

www.agathachristie.com